名探偵たちがさよならを告げても

藤つかさ
Tsukasa Fuji

角川書店

目次

主な登場人物

深野《ふかの》　あずさ　私立比企高校三年生。図書委員。
辻《つじ》　玲人《れいと》　私立比企高校、国語教師兼司書。
東堂《とうどう》　美緒《みお》　私立比企高校、体育教師。
久宝寺《きゅうほうじ》　肇《はじめ》　私立比企高校、国語教師兼司書。小説家。
田中《たなか》　京香《きょうか》　私立比企高校三年生。図書委員。
伊達《だて》　遥《はるか》　私立比企高校三年生。図書委員。
三条《さんじょう》　柚《ゆず》　私立比企高校三年生。図書委員。
三条《さんじょう》　友道《ともみち》　私立比企高校理事長。
煙ヶ谷《けむりがたに》　武司《たけし》　久宝寺の担当編集者。
柏原《かしはら》　太一《たいち》　私立比企高校、体育教師。
九曜《くよう》　刑事。

☆死ぬまでにやりたいことリスト

・学校でたらふくラーメンを食べる。
・家の本棚にある小説を全部読む。
・『ウラカルト』のサインをもらう。
・『麺や飯田』の大盛そばを頼む。
・スカイバッティングセンターでホームランを打つ。
・『ミミコ』のライブに参戦する。
・ポケカを大人買いする。
・甲子園で六甲おろしを熱唱する。
・ロサンゼルスを散歩する。
・探偵になる。

プロローグ

暗く細い隙間が、白い直線で埋められていた。

校舎を駆けるのに使われた太ももの筋肉は音もなく力を失って、深野《ふかの》あずさはぺたりと廊下に尻《しり》もちをついた。耳の中で響く鼓動は、深夜の駅前を走り抜ける派手なバイクよりも荒々しかった。その音は激しく不気味で、底にはかさかさと乾燥した諦《あきら》めがあった。不規則に吐き出される息を整えるために唾《つば》を飲み下そうとするが、どうしても上手にできない。

あずさの目の前には物置のドアがある。

そのドアの隙間が、外側から白いガムテープでぴっちりと目張りされているのだ。冬の校舎の片隅の物置、ガムテープの目張り、平らなドアの向こうにはただ深い沈黙がある。

不自然で、不吉。

なにより不穏だった。

待って、待って、待って。なんで、どうして――。

「深野、どいて！」

東堂美緒《とうどうみお》の怒号で我に返った。

彼女は陸上部顧問らしいお手本のようなフォームで、廊下を疾走してきた。薄手のジャージが躍動していた。ドアの前で急ブレーキをかけると、走ってきた勢いそのままにガムテープを剝《は》がし始めた。続いてやってきた辻玲人《つじれいと》も無言で加勢する。物置のドアには小さなガラス窓が付いていた。あずさはよろよろと立ち上がって、中を覗《のぞ》き込んだ。

制服の生徒が、一人倒れている。

ピクリとも動かない。

「ドアを開けたら、東堂先生は下がってください。ガスか何かが充満しているかもしれない。僕が部屋の奥の窓を開けてきます」

辻は低い声で言うやいなや、開き戸を開け放った。飛び込んで、鍵《かぎ》を開け、窓を開ける音がした。次の瞬間、凍るような風があずさのスカートをはためかせた。

「――」

続いて東堂が生徒の名前を叫びながら、中に入っていく。何度も生徒を呼ぶが、応じる声はこちらには届かない。そして、それは東堂にも聞こえていないようだった。

「なんでこんなことに……」

東堂の悲鳴にも似た声が人気のない廊下にこだました。あずさも同じ言葉を何度も反芻《はんすう》していた。なんで、あの子がこんな風に……。

――いや。

この状況がどういうことか、分かりきっているではないか。

「深野、大丈夫か」

呼ばれてはっと振り返った。辻だった。存外、低い声は落ち着いている。細い眉《まゆ》を寄せてはいるが、狼狽《ろうばい》しているようには見えなかった。

「あの、辻先生、この状況って」

対照的に、あずさの声は震えが止まらなかった。窓を開けたとはいえ、校舎全体に空調がかかっていてかなり温かいはずだ。しかし、身体の芯《しん》が、血が凍ったように冷たい。

辻は窓の外を見たまま小さく口を動かした。誰に言うでもなかった。辻の中でも消化しきれず、思わず漏れたのだろうと分かった。

「……あの遺稿と同じ殺され方だな」

言ってから彼は頭を振った。考えても詮《せん》無いことだ、とでも言うように。救急車を呼ぶから東堂先生とここにいてほしい、と言いおいて、辻は去って行った。

すらりとした白いシャツの背を見送りながら、あずさはぞわりと今度は腹の奥が蠢《うごめ》くのを感じた。

殺され方、と辻先生は言った。

殺され方、と頭の中で繰り返した。

たしかに、そうだ。物置の中で人が死んでいて、ドアには外から目張りがされていた。状況は当然他殺だ。つまり、殺人事件。そして、容疑者は明白だ。あの遺稿を読んだことのある者。つまり図書委員の生徒か、あるいは……。

殺人事件ならば、とあずさは思う。

まずは、被害者がいる。被害者がいて、容疑者がいて、犯人がいて――そして探偵がいなければならない。

この殺人事件の謎を解くべき探偵。

それは、いったい誰なのだろう?

震える腹の奥に何かが落ちてきて、深々と刺さった。それは重く鋭利で、長年雨ざらしになったビニール傘のように錆《さ》びついていた。ふいに落ちてきたその感情のために、身体の震えはぴたりと止まった。

あずさはそっとその感情を拾い上げた。

そうして、恐る恐る紐《ひも》をほどいて読み上げた。その声はかすかに揺らいでいたが、しかし中心にある意思は硬く、同時にしなやかだった。

「……探偵になるのは、私しかいない」

一　遺稿

1

「あずさは大学行ったら、何するんだ?」

「んん」

あずさは、埃《ほこり》が肺に入ったふりをしてせき込んだ。田中京香《たなかきようか》から届いた凜々《りり》しい口調への答えを、ワンテンポ遅らせるためだ。

大学に行ったら、か。

高校生の話題と言えば、少し先のことばかりだ。特に推薦で進学先が決まった高校三年生はそうだ。今度の週末のコンサート、来月に発売される限定コフレ、そして数か月後の大学生活。そしてそのどれも、あずさは上手《うま》く語れない。

休日を目指して、月末のイベントを目指して、そしてハッピーなキャンパスライフを目指して……それはぐるぐる終わらない螺旋《らせん》階段を昇っているみたいに思える。昇ればもちろん、見える景色は増える。けど、自分が屹立《きつりつ》すべき地面からは離れていくばかりだ。

なんだか、ふわふわとして途方もなくて、少しだけめまいがする。

「先のことは分かんないよ」

あずさは空咳《からぜき》を一つ挟んで、京香に応じた。「目の前のことをするだけ。私はね、猪突猛進《ちよとつもうしん》がモットーだから」

京香は口の片端を上げた。ハスキーな声であずさに尋ねた。

「そういえばこの間も、夜のライブに行って補導されかけたんだって？」

「推しのライブがやっと近くであってさあ。学校終わりに制服姿で直行、帰りに警察に見つかって、駅前を深夜の追い駆けっこよ。他にも制服姿の子いたのに、なんで私だけなのかなあ」

「警察に面が割れてるんじゃね？　勝手に芸人の楽屋に突撃したこともあったし」

「『アラカルト』ね。でも一年前だよ。きっちりサイン貰《もら》って、きっちり怒られました」

「気をつけな。猪突猛進を地で行くあんた、格好いいけどさ」

かっこいい？　私が？

まさか、とあずさは内心で芸人のような鋭いツッコミを入れた。大きな茶色い瞳《ひとみ》、瞳と同じ色の毛はややウェーブして京香の肩に乗っている。小柄で童顔な美少女がこの語調なのだから、どこからどう考えても京香の方が格好いいに決まっている。握手会なら百人中が百人、京香の前に行列をなすだろう。

しかし、あずさは手を腰に当て顎《あご》を鷹揚《おうよう》に上下させた。猪突猛進な人間には悲観する間も、妬《ねた》む暇もないのだ。

「でしょでしょ」

「じゃ、モットーのとおり、さぼってないでさっさと久宝寺《きゅうほうじ》先生の遺稿を探せよ」

「ですよねー」

あずさは素直に頷《うなず》いて、手元の雑誌から視線を持ち上げた。眼鏡が鼻のてっぺんまでずれて、フレームの上から世界が見える。ほとんどが白と黒、そして灰色、時たま原色。とにかく雑然としていて、無秩序だ。

眼鏡を上げて、ようやく自分のいる場所の輪郭がはっきりした。その色彩のほとんどすべてが本と雑誌と紙束であることを確認し、ここは高校の図書室の一角、小さな司書室であると再認識した。書き散らされた紙の上には司書室の主の太い文字が並ぶ。

しかしそのやたら筆圧の強い字を書く彼は、もうこの世にはいない。

久宝寺肇《はじめ》。

長年私立比企《ひき》高校の司書室の主を務めた人物は、先月癌《がん》で亡くなった。

「……」

何だか急に、とても静かな気持ちになった。エアコンの風音が唐突に止まって沈黙を肌で感じたときのように、居心地が悪くなる。あずさは慌てて言葉を継いだ。何かを紡いでいないと、乾いた空気で心がひび割れそうだったのだ。

「久宝寺先生って、何歳だったんだろうね」

「五十五歳だってよ」

京香はブレザーに包んだ一五〇センチに満たない身体を目一杯伸ばして、棚の上の紙束を取った。スカートから伸びる足は植物の茎のように細い。紙をパラパラとめくると、赤いリボンが揺れた。学年ごとに違う色のリボンだ。やがて大きな目はあずさに向けられた。故人をしのぶ注意深い笑みをちろっと頬に浮かべている。まるで葬儀場の職員が幼い子どもに向けるまなざしのようだった。

「残念だよな。良い先生だったし、小説家としても一流だったよ、間違いなく」

久宝寺は司書であり、国語教師であり、同時に著名な小説家でもあった。

彼の死に驚きはなかった。夏ごろから明らかに体調を崩して頬は痩《や》せこけていたし、彼自身「余命は半年だ」と公言していた。十一月からは学校に来る日も少なくなっていた。

だから驚きはなかった。しかし喪失感はあった。彼は司書として、あずさたち図書委員の面倒を見ていた。週に数回会って他愛もない会話をしていた人間がふといなくなったのだ。亡くなってまだひと月、やはり生活に違和感は残っている。

あずさが言葉を返そうとすると、ドアが半分開いた。おい、と目鼻立ちのはっきりした男子生徒が乱暴にあずさを呼んだ。同じく図書委員の伊達遥《だてはるか》だ。

「まだ遺稿とやらは見つかんないのかよ」

「まだだよ」

あずさに代わって、京香が噛《か》みつくように言い返した。

「伊達も図書委員なんだから手伝えよ」

伊達はやれやれと首を振った。長い前髪が伊達メガネの上を優しく通り過ぎた。あずさに向けたものとは比べ物にならない、端整な笑みだった。

「俺は週末共通テストだぜ？　推薦組とは違って、時間がないわけ」

「ならなんで図書室に来たんだよ」

伊達が言葉を飲み込んだのは、京香に気圧《けお》されたわけではない。伊達は京香が声をかけたから、図書室にのことやってきたのだ。人生がかかっている大学入学共通テストよりも、目先の可愛い女の子のことが頭から離れない、伊達メガネで伊達男の伊達君。可哀そうだとも思うし、不思議な生き物だと興味深くもある。

伊達は長くも短くもない白い歯を、さらっと覗《のぞ》かせた。

「なあ京香ぁ、こんなことしてないで俺と帰ろうぜ。そもそも、なんで俺たちが探さないといけないわけ」

「辻先生に頼まれたんだよ。仕方ないだろ」

「辻かあ」

伊達は顔をしかめた。

久宝寺が亡くなった後、辻という若い男性教師が後任としてやってきた。引っかかりのない口調に、癖のない顔立ちの二十代半ばの男だった。

久宝寺には存在感があったが、辻は真逆だった。いつも斜め下を見ている瞳が、やたら黒々としているのだけが印象的だった。あずさもそれほど話した記憶はない。話したことはあるのかもしれないが、その印象すら残らないほどの存在の希薄さだった。

「俺、あいつ苦手だわ。なんか、人形みたいに表情が動かねえし、パッションを感じないし、同じ男として情けないまである」

文句を垂れながら天井を睨《にら》みつける。背が一八〇センチある伊達には、この司書室の天井は低すぎた。温かい風を送るエアコンに頭がぶつかりそうだった。

伊達は出し抜けにぱしんと手を叩《たた》いて、声を大にした。

「ミステリー界の巨匠、久宝寺肇の遺稿がこの司書室のどこかにあって、探さなくちゃならない。そしてその任務は、久宝寺先生と仲の良かった図書委員がすることになった。それはいい。問題は時間なんだ。かれこれ一時間は探してる。いい加減、もうやめにしようぜ」

「あ」

　我ながらナイスタイミングだった。

　声を出して一秒後、右手も持ち上げた。

「……もしかして、遺稿ってこれ？」

　伊達は額に縦皺《じわ》を寄せた。あずさの手にした原稿用紙に間近まで歩み寄り、胡散《うさん》臭そうに眺めまわす。必然、あずさの顔の近くに自分の顔があることになるが、伊達が気にした様子はない。

　伊達は異性に好かれることに、文字通り人生の全てを費やしている。国立大学の医学部を狙うのも、その方がモテるからだと公言してはばからない。それほど異性が大好きな伊達だが、もちろんそれは「かわいい異性」という限定がつく。彼の思うかわいいは容姿でもあるし、あるいはかわいいという世間の評価でもある。とにかくそのすべてで、あずさは彼の基準を満たしていないわけだ。猪突猛進とかわいいは、伊達の中で両立しないのだった。

　それについて、悲しいともくやしいとも思わない。

「これが遺稿か？　原稿用紙五、六枚しかねえだろ」

「けどほら、一番最初の行にタイトルっぽいのあるよ。『(仮題)』って付いてるし」

「ちょっと見せて」

　あずさは伊達から一歩下がって、京香に手渡した。原稿用紙は五枚だった。その薄い紙は目に見えない埃が積もっているように、ざらりとした手触りだった。

京香はほんの一分で目を通した。秀才はこういうところからモノが違う。あずさなら、きっちり五分はかかっただろう。

「これは遺稿というか……」

と、京香は解説した。「正確にはプロットだ。しかももう十年ほどは出てない、久宝寺先生の人気シリーズの最新作だよ。もう続きは書かないって聞いたことあるけど。……驚いたなあ」

彼女の語尾は、珍しく感情的になっていた。おそらく京香も久宝寺先生のファンの一人なのだろう。鋭い目があずさを射貫《いぬ》いた。「これ、どこにあったの?」

「ここだよ。この金庫の上の段ボールの中」

「本当に辻が言ってる遺稿って、これなのかぁ?」

伊達が疑わしげに言った。彼が文字を追う目も素早かった。数日後には九十分で五つの大問をこなさなければならないのだ。何度もトレーニングを積んできたに違いない。「プロットにしても、かなり適当じゃね? 昔のボツアイデアなのかも」

「日付が書いてあるけど、亡くなる少し前の日付だよ。先月、十二月一日だ」

「あ、ほんとだ」

ようやくあずさに原稿用紙が回ってきて、あずさも文字を追った。

「……あずさ、読んだ?」

やがて京香が声をかけてきて、あずさは曖昧《あいまい》に頷いて原稿用紙を返した。あずさの気持ちを汲《く》んだように、京香は何度も頷いた。

「まあ、うん。その顔になるのは分かる」

「中途半端でも適当でも、遺稿は遺稿だろ」

伊達が頭の後ろに手を回す。「これでいいって。さ、解散しようぜ」

京香は時計を見上げた。夕方の五時半を指している。その次に雑然とした司書室を眺めやった。それで判断したようだった。

「うん。もう仕方ないよな」

司書室を出ると、一気に視界が開けた。重厚感のある大きな木製のカウンターの向こうに、整然と本棚が並んだ図書室が広がっていた。

校舎の三階、ワンフロア分すべてを費やした広大な空間は、静謐《せいひつ》さと荘厳さを併せ持っている。濃紺のカーペットに朽葉色で統一された木製の本棚と壁は、さながら深い森のようなしんとした静けさを纏《まと》っていた。図書室だけ暖色の照明が使われているのも、その雰囲気を醸し出す一因なのだろう。私立比企高校を紹介するパンフレットには、大体この図書室の写真が使われている。

そしてカウンターには、この図書室を作った張本人である三条《さんじょう》理事長が車いすに座って、とっぷりと日の落ちた一月の窓を眺めていた。車いすを押すのは、あずさ達と同級生で図書委員の三条柚《ゆず》だった。

彼女はあずさたちを認めると、口元に笑みを滲《にじ》ませた。上品だがある一定の閾値《いきち》を超えない、誰もが親しみを抱く種類の笑みだ。

「ごめんね。あたしも図書委員なのに、みんなに任せちゃって」

柚はもともと下がりめの眉尻《まゆじり》をさらに下げる。

「なんだ。柚、お前何か仕事があったのか?」

三条理事長は齢《よわい》九十を数える老人とは思えない巨体を動かして、孫を仰ぎ見た。特注の大きな車いすが一〇〇キロの巨漢の下でギュッと高級そうな音をたてた。三条理事長の大きな体躯《たいく》を支える車いすは、まるで革張りのソファのように彼を優しく包んでいる。見るからにクッション性もありそうだった。

彼はこの動くソファのような車いすで校内を散策するのが日課だった。そしてすれ違った生徒は、いつか理事長の車いすに座ってみたい、とひそかに願うのだ。

柚の眉尻はもう下がりきらず、小首を傾げることで祖父に申し訳なさを示した。絹のような長髪がひらひらと揺れた。

「ああ、うん。ちょっとね。久宝寺先生の遺稿を探さないといけなかったの」

「一応はあったよ。多分、これでいいと思う。おそらく」

京香の言葉に、随分もったいぶった言い方だね、と柚は口元を手で押さえた。

「読んでみる?」

柚は視線を落としてまもなく、怪訝《けげん》そうに目を細めた。分かるよ、と京香はあずさに送ったものと同じような反応を送る。伊達は京香の頭越しに、再度原稿に目を落としていた。あずさは手持無沙汰《ぶさた》になって、本棚にある大学の過去問を手に取った。浮世離れした雰囲気の中で、現実的な赤い背表紙が目に痛い。

「久宝寺先生が、どうしたんですか?」

理事長が頬を揺らしてあずさに尋ねた。白髪の理事長を見ると、あずさはいつも白いブルドッグを思い出す。

「ええっと、なんか久宝寺先生の遺稿があるらしくて。それを探してました」

「ほう。久宝寺肇の遺稿。それは興味深いですね」

彼は毛虫のような眉を上下させ、物思いにふけるように深い息をついた。頭髪も白ければ眉も白い。「惜しい人を亡くしました」

「さみしいですね」

「久宝寺先生は作家として著名です。その功績はゆるがない。しかし、同時に彼は教師としても素晴らしかった。そうですね？」

「ええ」

「昔から生徒からの評判は良かったんですよ。後任の辻先生も、久宝寺先生の教え子の一人です。久宝寺先生は末期がんで余命を宣告されても、学校に通い続けました。あれほど真摯《しんし》な先生を、私は他に知らない」

ええ、とあずさがもぞもぞと答えて柚に目を戻すと、原稿用紙は既に京香の手に戻されていた。

「じゃあ、辻先生に渡してくるとするか」

京香が去ろうとすると、俺も行くよと例によって伊達が追いかけ、あずさと柚は顔を見合わせて二人に従った。京香が伊達に興味を持っていないことは明らかで、伊達と二人きりにするのは京香に申し訳ないと思ってのことだ。

図書室のある西棟の廊下は、床も壁も真っ白で傷一つなかった。ルーバー天井は奥行きがあり、木製であるがゆえに全体的に落ち着きを与えていた。見下ろす中庭の芝生には円形にベンチが並べられていて、そばに並ぶ淡い光の街灯はアカンサス文様のモダンなデザインだ。公立の学校しか見たことのない母や弟はこれを見たらどう思うだろう、とあずさは考える。母は時代が変わったと驚き、弟はここに進学すると言い張るだろう。

「もうこの校舎にいられるのも、あとちょっとか」

伊達が歩きながら白い壁を撫《な》でた。「さみしいよなぁ。京香も、卒業まではもうちょっと俺に優しくしてくれてもいいと思うぞ」

「伊達は大学でもナンパをして過ごすんだろうな」

京香は簡単に切って捨てた。

「大学どころか、社会人になっても女好きだよ。将来にわたって、ずっと」

と、あずさも後ろからひょっこりと追撃した。「用具室のヌシめ」と言ってやろうかと思ったが、さすがにやめた。自分が傷つくだけの猪突猛進ならいいが、誰かを傷つけるのは本意ではない。

第二グラウンドにある用具室は伝統的に男女の密会の場で、頻繁に伊達が使っていることは女子生徒なら誰でも知っていた。「用具室のヌシ」というのは、彼のその軽はずみな行動を揶《や》揄《ゆ》した女子生徒だけのあだ名だった。

伊達はあからさまにむっとした表情で「うっせーよ」と振り返った。かわいげのない女は黙ってろ、とその大きな目があずさを睨む。

「ならあずさ」

「うん？」

「お前は将来なにしてるんだよ」

「私は探偵かな」

は？　と伊達の整った顔がふわりと弛《ゆる》んだ。

そういう間抜けな顔は、案外と可愛い。「え、なに？　探偵？」

「うん、探偵。ディテクティヴ。夢だから」

ネイティヴの発音を真似て付け加える。とたんに、京香のきゅっとしまった顔がぱっと弾《はじ》けた。伊達は手を叩いて笑い、柚も珍しく声を出して笑った。

やれやれ、と伊達は演技がかった身振りをしてみせた。「探偵ねえ」と京香の持つ原稿用紙の束を長い人差し指で弾く。

「もしもこの遺稿みたいな殺人事件が起きたら、お前に探偵をお願いすることにするよ」

2

辻玲人のスマートフォンが震えたのは、勤務先の高校からの帰路だった。

古い跨線橋《こせんきょう》には、一月の夜の風が吹きすさんでいた。すっかり冷たくなった缶コーヒーを左手に持ち替え、右ポケットをまさぐった。画面には名前ではなく数字が並んでいた。しかし玲人にはすぐに相手の見当がついた。

『夜分にすみません、編集の煙ヶ谷《けむりがたに》です。今、お電話大丈夫でしょうか？』

煙ヶ谷武司《たけし》の言葉遣いは文芸編集者らしく礼儀正しい。その丁寧さが、かえって玲人を慎重にさせた。夜にかかってくる電話は大抵面倒ごとだと分かるくらいには、玲人は社会に慣れていた。大学を出てもう四年になる。

ええ、と玲人は注意深く息を吐いた。細かく千切れた白い息が立ち上った。

『本当に、久宝寺先生の遺稿を見つけてくださってありがとうございました。いただいたＰＤＦの筆跡も久宝寺先生のそれです。私が聞いていた構想とも一致します』

「そうですか。よかったです」

跨線橋を越えると、幹線道路に出る。青信号が点滅し、走ろうか一瞬迷い、結局歩幅を狭めた。サラリーマンが駆け足で追い越していった。目の前で赤色が煌々《こうこう》と光った。二車線ある道路にヘッドライトが矢のように通り過ぎる。排気ガスが白く濁ってビルの隙間に消えた。体を切り裂く冷たい風が、マウンテンパーカーの隙間から滑り込んできた。

久宝寺の葬式の日も、ひどく寒かった。

葬儀場の自動販売機の前で缶コーヒーを飲んでいると、煙ヶ谷が話しかけてきた。誰彼構わず話しかける小柄な男がいるのを見ていたから、そのうち自分にも来るかもしれないな、とは思っていた。

煙ヶ谷はまず、自分が出版社の人間であることを名乗った。玲人は何も考えずに、自分は久宝寺先生の後任でその高校に赴任する予定だ、と告げた。夏に仕事を辞めて現在無職である、と名乗るよりはましな回答に思えたのだ。

しかし、それがあだとなった。煙ヶ谷は目の色を変えて、「自分は久宝寺先生の遺稿を探している」と趣旨を告げた。たっぷり十五分かけて熱心にその遺稿の価値を解説して、最後に「もし、赴任した高校で何か分かったら教えてくれないか」と頭を下げた

以来、煙ヶ谷は何度も電話をかけてきた。電話がある度、玲人は遺稿を捜索した。同僚の教師にも校長にも尋ねてみたが一向に見つからなかった。無いと報告しても、煙ヶ谷は諦《あきら》めなかった。嫌気の差すほど電話をよこした。

そこで仕方なく、玲人は久宝寺と付き合いの深いらしい生徒に遺稿の捜索を頼んだ。すると、あっさりと見つかったのだ。彼女たちはあのゴミ屋敷のような司書室から、五枚の原稿用紙を見つけ出してくれた。素晴らしい成果だった。

ところで、と煙ヶ谷が声の色を変えた。彼の声の後ろでプリンターが紙を吐き出す音がする。

『辻さん、読書はされますか?』

「今はほとんど読みません」

『ミステリー小説も?』

「ええ」

少し間があった。問いかける内容を選んでいるようだ。

『久宝寺先生の遺稿は読まれましたか?』

信号が青になった。横断歩道を真ん中まで渡ってから、いいえと短く答えた。本当に一行も読まなかった。同僚の東堂美緒と柏原《かしはら》太一《たいち》は興味深々に読んで、何か言葉を交わしているようだった。

煙ヶ谷はその回答を予想していたらしかった。

『では、読んでみてください』

「今ですか」

『難しいですか？』

「帰宅中でして」

ああ失礼しました、と申し訳なさそうに煙ヶ谷は言う。心底恐縮して、しかし引き下がらない。『では、帰ってから読んでみてください』

そうして彼は押し黙った。静かで、雄弁な沈黙だった。帰るまでこのまま電話を続けろ、ということのようだった。

この一か月で、編集者という人間のやり方が分かってきたような気がした。なるほど、大変な仕事だ、と思う。相手が拒んでも、おだてすかして、時には強引に何とかさせる仕事なのだろう。忍耐力のいる仕事に違いない。

玲人にはもちろん、その粘り強さに対抗する術《すべ》はなかった。術もなく、気持ちもなかった。

缶コーヒーを飲みほし、缶を近くのごみ箱へ捨てた。

「長くないでしょうし、今読みますよ。待ってください」

大通りを一本逸《そ》れて、住宅街に入る。車は見えなくなり、冬の静けさがあたりに満ちた。自転車のライトが二つ、玲人の横を通り過ぎた。「新年初チャリだ」と青年が嬉《うれ》しげに言い、「一月半ばでそれを言ってる奴、相当痛いよ」と隣の女性が冷たく突き放した。二つの笑い声が遠ざかってから、玲人はスマートフォンを耳から離し、ＰＤＦファイルを開いた。

久宝寺の字は癖があるが、文字間が整っているため読みやすかった。
ああ見えて、あの人は根が律儀なのだ。
昔からそうだ。

~~『図書室にて』~~
~~『名探偵への願い』~~
~~『彼女たちがさよならを告げても』~~
『名探偵たちがさよならを告げても』（仮題）

○登場人物
・左近《さこん》　瑞穂《みずほ》……私立探偵。
・伊丹《いたみ》　ひな……左近の助手。
・~~佐藤　清~~　藤野《ふじの》優愛《ゆあ》……私立如月《きさらぎ》高校三年生。女子生徒。
・

○舞台……私立比企高校と同様。
※助手であるひなの一人称。

ひなが左近とともに私立如月高校へ向かう。季節は冬。私立如月高校はひなの母校。同窓生が母校に集い、高校生に対して授業をする集まりがある。ひなは卒業生として一時間授業を行う。

左近「しかし、君が一体なにを教えるというんだ」

ひな「だから、それに困ってるからこうやって左近先生にも来てもらってるわけじゃないですかぁ。間が持たなくなったら先生に話を振りますから、水族館殺人事件のことでも、如月市連続放火事件のことでも、なんでも話しちゃってください」

※高校に探偵たちが出向く理由は、別になんでも可。

ひなと左近は高校に到着する。

到着後、校長と生徒会長である藤野に校内を案内される。※特に北棟の物置付近の描写は、比企高校のとおりに。窓の位置、付近の備品、室内もそのままで。

四人の会話劇は、藤野の環境や考え方に対して焦点をあてる。

（例：藤野の親は市議会議員で有力者、自分は寮で一人暮らし、真っすぐな性格で行動力があるが、上品な所作も兼ね備えている）。

藤野は探偵たちに疑問や悩み事を語る（探偵たちは殺人者を見て何を思うのか、人を殺すとはどういう意味を持つのか……。あるいは、自分とは何者なのか？）。校長はもちろん、左近やひなも藤野との会話はうまくかみ合わない。いわゆる、Z世代的な思考。（例：SNSが好

き、人と深くかかわるのは苦手。孤独感とそれに伴う自己顕示欲）
ひなの授業が始まる。
ひなはあたふたと探偵の仕事について語るが、途中から間が持たなくなり左近との会話劇となる。

左近「ところで、最近の高校生はいったい何を考えているんだろう、と思うことがあるよ。なんというかどうも、摑《つか》みどころがないね」
ひな「先生もそういうお年になったんですねえ。嘆かわしい限りです」
左近「探偵とは人間を見極める仕事なんだ。隅々まで人間を観察し、人の性質を見抜き、透明なファイルに分類する。まるで小説家のように。しかし、それもできないとなると……いやはや、老兵はもう引退かな」

無事授業（？）は終了。数時間校内で過ごす。
校長が一人慌ててやってくる。見回り時、校内の人の立ち入ることのない物置のドアが外側からガムテープで目張りされている、とのこと。
慌ててかけつけるひなと左近。中には、藤野が一人で死んでいる。死因は練炭。外側からガムテープが貼られている。明らかに殺人事件の状況。
※トリック未試行。伏線の詳細はその後記載すること。

ひな「誰が藤野さんを殺したんでしょう？」
左近「……なるほど」
ひな「え」

　左近はひなをまっすぐ見て、言葉を漏らす。

左近「……もう全てにさよならを告げる時期かな」

読者への挑戦

ミステリーから離れて、約八年が過ぎた。

その間、私が考えたことは多くある。あるいは、ほとんど何も考えていないのかもしれない。

いずれにしても、こうしてまたミステリーを書こうと思うのは、単なる思い付きではない。

ただミステリーの読者を信じた、それだけだ。

全てはこれまでに提示された。聡明《そうめい》な読者諸氏は殺人者とその目的、そして殺人者に告げるべき言葉を検討していただきたい。
※その検討結果の手紙を、出版社へ送るよう求める。
以上、二〇二●年　十二月一日記載。

久宝寺の強い筆圧を感じる文字は、ちょうど五枚目の最後の行で終わっていた。

「……ええっと」

玲人は煌々と白く光るアスファルトに白い吐息を落とした。「お待たせしました。読み終えました」

『どうでした？』

「どう、と言われましても」

玲人はゆっくりと話し、その間に適当な言葉を探した。「あの、まあ、面白いんじゃないでしょうか」

『本当ですか？　これが面白い？』

煙ヶ谷の反応の意図が分からず、玲人は諦めて正直に語ることにした。探りを入れようにも、相手は言葉を操るプロだ。勝ち目があるわけがない。流れに身を任せよう、と決めた。諦めるのは得意だった。昔からずっと。

正直に言って、と玲人は口を開いた。

「面白くはありません。これはいわゆるプロットですよね？　これだけでは面白いのかどうなのか、素人の私にはよく分からないです」

煙ヶ谷は満足そうにけらけら笑った。まさしく求めていた答えだ、とでも言うように。

『これは面白くないのかさえ分からない。なぜなら情報がなさすぎる。そういうことですね？』

「ええ」

『私もそう思います。その他にも、いくつか気になる点はあります。まあ、いずれにしても情報が少なすぎるし、尻切れトンボだ』

煙ヶ谷は咳払いをした。あえて間をあけるために行う類《たぐい》のものだ。

『最後に読者への挑戦があった。挑戦があるということは、解決篇がないといけない。これは分かりますよね？』

「なんとか」

『なのに解決篇がない。ミステリーに解決篇がないのだから、面白いわけがない。そうでしょう？』

ようやく玲人にも話が見えてきた。やはり、夜にかかってくる電話にろくなことはない。足早に歩を進めた。急に、冬の風の冷たさを肌が思い出したのだ。家でゆっくりビールが飲みたい、と思った。

『解決篇があるはずなんです、辻さん』

煙ヶ谷は声に力を込めた。『探していただけませんか？』

「無理ですよ」

返答を聞きたくなくて、玲人は言葉を重ねた。「もう十分探しました。忙《せわ》しなく走り回る同僚にも訊《き》いたし、生徒も頼った。共通テストを控えた生徒も手伝ってくれた。でも本当に見つかったのはそれだけなんですよ。久宝寺先生はまだ解決篇を書いていなかったのかもしれない。あるいは自宅にあるのかもしれない」

『それはあり得ません』

と、煙ヶ谷はにべもなく答えた。

『久宝寺先生は結末から書き始めるタイプの作家でした。自宅は残らず探しました。絶対に学校のどこかにあるはずなんです』

「しかし、私も仕事がありますので」

『なら私が探しましょう』

「え」

『今週末に、そちらの方面に行く用事があります。その際学校にも伺います。いいですか？』

「ええ、ああ、はい」

勢いで頷いてしまっていた。玲人の言質を取ってから『では、そういうことで』と煙ヶ谷は意気揚々と電話を切ろうとした。

切り際、『そういえば』と思い出したように尋ねてきた。

『久宝寺先生がミステリーを書かなくなったのはおおよそ八年ほど前なんです。その時、確か辻さんは高校生で、久宝寺先生の教え子だったんですよね？　なんで急に断筆したのか、ご存じですか？』

「……。いえ」

やや不自然な間の後、玲人はそう答えた。

すぐに電話は切れた。最後の質問は、あくまで次に会う時に気まずくならないように、と気遣った緩衝材のような質問だったのだろう。人間関係の緩衝材。自分には不要なのに、と玲人は思った。触れ合うときだけ、緩衝材は必要なものだ。

自宅につくと、暖房を入れる前に缶ビールを開けた。１ＬＤＫの部屋に、気持ちのいい音が響いた。トーナメント戦、後半アディショナルタイム三分、三対〇で負けている時に決まったゴールのような音だ。空しい響きだった。

小さなアパートの一室に佇《たたず》む自分の姿を、玲人は後ろからぼんやりと眺めた。それが玲人の癖だった。まるで自分が登場人物である映画や小説を見ているかのように、自分自身が遠くに感じることがある。自分の肉体はビールを飲んでいる。そしてもう一人の自分は、その後方少し上あたりから、読者のようにそれを眺めている。あの頃からずっと、そうだ。

あの頃。

それはきっと、久宝寺がミステリーを書くことを止めた時期でもある。

テレビでは訳知り顔のニュースキャスターが、真剣さを演じた視線を送ってきた。社会では誰もがこうして役割を演じないとうまく回らない。この市内で強盗が起こって、これで今月四件目だ。高速道路で十台を巻き込む玉突き事故があった。一家心中事件から数年の節目だが、犯人である父親はまだ見つかっていない。久宝寺肇の遺稿が見つかったことはニュースにはなっていなかった。当たり前か、と思い直した。電子音が鳴って、明太子《めんたいこ》パスタの香ばしい匂いが漂ってきた。玲人はローテーブルに缶を置いて、ネクタイを緩めた。

八年前のことだ。私立比企高校で一人の少女が死んだ。

久宝寺はその死のために、自らミステリーを書くことを放棄したのだ。彼女は久宝寺の教え子だった。

そして彼女は、玲人の恋人でもあった。

3

私立比企高校には女子寮がある。

人工芝のグラウンドの東にこじんまりと佇む二階建ての建物がそれだった。白と茶のコントラストが美しい校舎に比べると、灰色のコンクリートの箱は貧相に見えた。

あずさの部屋はその二階の角部屋だった。三年生はあずさ一人で、あとは二年生が五人、一年生が四人住んでいた。寮のメリットは数多くある。寮生同士でテストの山張りができるだとか、女子会には困らないだとか。しかしあずさの一推しのメリットは、何より登校時間の短さだ。

朝起きて、朝食を詰め込み、おかっぱを櫛《くし》で梳《と》かしながら着替える。化粧はしない。リップは時たま。そして登校。これで、十五分フラット。

「おっはよー」

いつものように、あずさは朝のホームルームの始まる五分前に教室に滑り込んだ。

あずさの挨拶《あいさつ》は、おおむね半分は返ってきた。返事のない半分のうちのさらに半分は空席で、もう半分は参考書に齧《かじ》り付いているためあずさの声は届かなかったようだ。大学入学共通テストは週末に迫っていて、主に国立大学を狙う生徒は登校してもしなくてもいいことになっている。案外と登校する生徒が多いのは、「受験は団体戦だ！」と繰り返した教師陣の熱い思いの成果なのかもしれなかった。

「おはよう、あずさ。今日も元気だね」

柚がくすりと微笑んだ。柚に微笑みを向けられると、自分という存在の小ささを思い知る時がある。

「ねえあずさ、忘れてるかもしれないけど、今日日直だよ」

「え、あ、ほんとだ！」

あずさは慌てて黒板を消しにかかった。チョークを補充しようとすると、あいにくチョークが切れている。半年に一度あるかないかを引き当てる不幸を呪って、あずさは走って北棟に向かった。

渡り廊下を駆け抜け北棟に入ると、世界が変わった。白を基調とした清潔感のある空間が、コンクリートの湿っぽい空気に変化する。北棟はほとんど使用されておらず、そのため改修工事も行われていないのだ。レトロまではいかず、新鮮さもない、中途半端な趣きの空間だった。使用されていない教室を横目に、物置を通り過ぎ、東側の突き当りにあるスチールラックで作られた備品棚に到着した。

文具類の隣にプログラミング教材用のドローンがあって、その隣には雑巾《ぞうきん》が積んであった。下の段にはナイロンのロングコートが数枚たたまれていて、その上に軍手とテープとミッキーマウスのチェーンキーホルダーがあった。そんな中でもすぐにチョークを見つけられたのは、ずれた眼鏡のレンズの焦点を合わせたその先に、偶然チョークの箱を見つけたからだった。

あずさが教室に戻ると同時にチャイムが鳴って、その一分後に担任の柏原が入ってきた。

「ギリギリセーフ」

あずさが大げさに額の汗をぬぐう真似をすると、柚はくすくす笑った。

「ホームルーム始めるぞお。日直、号令よろしく」

柏原は今日も元気に短髪を逆立てている。「三年は午前で授業は終わりだな！　週末は共通テストがあるから、自習室は空いてる。放課後、使いたい者は使っていいぞー！」

二十代で元気な自分、ということをやたらアピールしてくるその必死さに、あずさは好感を持っていた。アピールしていることを女子高生に気付かれているという不器用さも初々しい。柏原の顔つきは端整とは言えないが、その明るさで生徒の人気は高かった。

「そんなことよりも」

彼は試験前の薄暗い空気を吹き飛ばすように言った。「実は、昨日わが子が初めて寝返りをうった！」

いつの間にか恒例となっている柏原の『わが子の成長トーク』である。幾人かの女子生徒が拍手をして喜んであげている。

「次はずりばいだ！　新米パパは毎日が楽しみです！　以上！」

何の報告だよ、と教卓の前の男子生徒が静かに突っ込んだ。その絶妙な間合いに、ざわめきのような笑いが起きる。しかしその笑いを起こしたのは自分だ、とでもいうように満足げに担任は去って行った。痛いような痒《かゆ》いような、何とも言えない気持ちになる。

「何なんだよ、今の。緊張感なくなるわー」

柚の隣の席の伊達が、参考書から顔を上げて吐き捨てた。机の隅に置いていた伊達メガネをかけてブリッジを押し上げる。押し上げる指が昨日とは違って中指だ。格好良く見える仕草を研究しているのだろう。

「柏原ほんと嫌いだわ。同じ体育教師なら二組の東堂の方がまだましだなあ。化粧っ気ないけど、あいつ二重テープ付けるだけで化けるタイプだぜ。なあ?」

あずさは陸上部顧問の東堂のきりっと締まった顔つきを思い起こした。肩口までの髪をオールバックでポニーテールにしているため、切れ長の目はさらに切れ味鋭く見える。暑がりなのか、冬でも薄手のジャージ一枚で過ごすタフな女性だった。すれ違うと振り返ってしまうような美人ではないが、生真面目でしかし厳しすぎず生徒想い、というのが生徒からの評価だった。

「そもそもさ、子どもがいるのが幸せっていう昔の価値観でしか幸せを語れないのって、大人としてやばくね?」

「まあ、そうかもしれないね」

柚は一言返して、にこにこしている。教室で伊達の愚痴を受け止めるのは、柚の役目だった。

「子どもが嫌いな人だっているわけじゃん? その人の立場になってみたら、ああいうこと言えないと思うんだよなぁ、普通」

「そうだねえ」

柚の他にも、近くの女子生徒たちが同意の声を上げた。もちろん、伊達がそれを望んでいる分、少し大きめの声だった。

「こんなお先真っ暗の楽しくない世の中に子どもを放り込むなんて、親のエゴでしかないわけじゃん?」

柚も例によってうんうんと頷くのだろう……と思っていると、違った。

うーん、と迷うように言葉の真ん中を伸ばしたのだ。

「あなたにとっては楽しくない世の中かもしれないけど」

柚は穏やかに、抗議の声を上げた。「柏原先生にとっては楽しい世の中なんだよ。シンプルに、それだけだと思うな」

「は?」

「幸せな人は幸せなまま、放っておいてあげたらいいんじゃない?」

予想外に反論された伊達は、形のいい眉尻をひねり上げた。

柚は慌てずに、しかし言葉を差し挟まれないようにすばやく微笑んだ。相手に自分の存在の小ささを思い知らせる、例の微笑みだった。

「伊達君ってさ、すぐSNSで評判の言葉を引用するけど、そういう人生こそあんまり幸せじゃないと思うな」

「え」

「立ち位置というか、スタンスがすごく流されてる気がする。SNSで見て記憶に残った言葉をとにかく口にしてる感じ、なのかな。確かにバズる言葉ってそれっぽく見えるし、名言としてネットにずっと残り続けて格好良く見えるし」

「いや、俺は」

「でもそれをただただ引用するのって一貫性がなくて、ちょっと幸せには見えない」

教室の一角、柚を中心に空気が凍った。伊達は口を半分開いて固まり、伊達の側に侍《はべ》る女子生徒も押し黙った。あずさも驚きで、何も言うことができずにいた。柚がここまではっきり伊達を拒絶したことがあっただろうか？

当の柚は、そんな周囲の様子など意に介さないようだった。腕組みをして、天井を仰いだ。

「けど、うーん。多分、世の中にはそんな人は多いよね」

「……ならお前の人生は幸せなのかよ？」

柚の人差し指がスカートのチェック柄をじぐざぐになぞった。まるで運命を決めるあみだくじのように。

「もちろん」

と柚は言った。

「もちろん、幸せだよ？」

その言葉が、あみだくじの行き先らしかった。

伊達は何も言わずに、参考書を力任せに開いた。今にも誰かを殴りつけてしまいそうな、稚拙で荒っぽい衝動が見え隠れする。

ちょうど数学の老教師が入ってきて、それで一連の会話は終わった。柚は前に向き直った。微笑みは見えなくなった。

唐突に「ああ、もうすぐ卒業だな」と思った。

ドラマで見る高校生活にあって、日常の高校生活にないもの。それは自覚だとあずさは思う。自分は高校生で、そしてそれはいつか終わってしまうのだ、という確かな手ごたえ。ドラマにはそれがあり、現実にはほとんどない。

だからその自覚を持つだけで、景色はドラマのように色彩を際立たせ、くっきりと立体的に届くようになる。事実、窓の外の人工芝の緑が、これほど輝いて見えたことはこれまでなかった。空っ風が蕭々と鳴る音が聞こえる気がした。柚の髪の一本一本が、冬の陽光を反射していた。

卒業までにすべきこともまた、くっきりと輪郭を持ち始めているのをあずさは感じた。

「うん。卒業までにすべきことなんて、決まってるじゃん」

京香は小さい体をさらに小さくして、うどんを啜《すす》っていた。昼休みの学食である。デザイン性を重視した細いテーブルの脚と、机上のうどんがなんともミスマッチだった。四人席のテーブルには、京香、柚、あずさの他に、なぜか伊達もいる。

京香は体は小さいが、言いようは堂々としている。

「卒業までにわたしたち図書委員は、文化交流事業を無理やりにでも終わらせないといけない」

文化交流事業。

夏ごろに久宝寺から、「海外の高校と交流を行い、何かしらの成果を出すぞ」とふいに告げられた。文科省か教育委員会か、何かの事業の補助金が付いたらしい。当然、多くの三年生にはそんな時間はなく、しかし下級生もまた修学旅行やらなにやらで忙しい。押し付けられたのが、暇そうな図書委員会の三年生だった。

あずさも柚も京香も、大学への進学が夏にはほぼ決まっていた。秀才の京香だけ共通テストを受けるが、それも国公立の合格数を稼ぎたい学校側が何とか捻《ね》じ込んだものだから、記念受験のようなものだ。伊達は一応図書委員だが、医学部を受験する彼は委員会に参加してもしなくてもいいという、不文律の特権を与えられていた。要は、暇そうでそれなりにうまくまとめてくれそうな三人の女子高生に、雑務が押し付けられたのだ。

これまで、何度か協定校とオンライン通話をした。台湾、シンガポール、アメリカ、カナダ。あずさは簡単な英語しか話せないため、とりあえず好きな食べ物や町の紹介、人気のスポーツの話をして時間をつぶした。時差もあったため土日に学校に来たこともあったが、各国の街並みを紹介してもらうのは素直に楽しかった。特にアメリカのロサンゼルスを画面越しに紹介してもらった時は、まるでその場にいるような臨場感を味わった。夢が一つ叶《かな》った、と安堵したものだ。

しかし、久宝寺が十二月に亡くなってから、事業は全く進展していなかった。

「で、事業をどうまとめていこうか何か思うところは？」

京香が皆を見回した。誰も挙手しない。「ちなみに、みんなこれまで海外の子とどんな話をした？」

「特筆することはないかな」

柚が舌をちろりとのぞかせた。「雑談ばっかりで、文化的なことは話せてないかも」

「あずさは？」

「私も特には。……あー、けど野球用語で文化の違いを知ったかも。野球で試合を決めるホームランを『サヨナラホームラン』って言うけど、メジャーは普通のホームランでも見送る時に『グッドバイ』って言うんだって」

へーとかほーとか、興味のない感嘆詞が丸いテーブルを一周した。伊達に至っては「知らなかったのかよ」と鼻を鳴らしている。京香は真面目腐って頷く。

「そこから『世界におけるさよならという言葉の成り立ちの違い』とかに広げる手もあるか。『グッドバイ』の語源は神への祈りだとか聞いたこともあるし、それは日本のさよならとは違う気がする」

「や、そこまで深く話してないから、この話は忘れて。それより、京香はどう取りまとめるのが良いと思う?」

　みんなの手が止まった。誰しも、聞きたいのは京香の意見なのだ。

　京香は緩く巻かれた髪を無造作に掻《か》いた。可愛い。

「わたしはとりあえず、自国の好きな小説の紹介し合う、とかでいいと思う。小説なら大人も文化的だと納得させられるだろうし、会話じゃなくてスピーチの方が楽だろ。久宝寺先生もそういうのでいいって言ってた気もするし」

「賛成」

　あずさはすぐに手を挙げた。柚もそれを見て、小鳥がさえずるように同意した。曲げわっぱのランチボックスが柚のすらりとした指の先にある。ちょっと大きめのスマートフォンくらいの大きさしかない。

「なんかそれ、普通だなあ」

　伊達が横から茶々を入れてくる。彼の弁当箱のウインナーには持ちやすいようにランチピックが刺さっていた。「小説を紹介し合っても、生産性なんてあるのか?」

ランチピックより棘《とげ》のある口調だった。京香にかまってほしいのと、柚に難癖をつけたいのとで、今日の伊達はひどく面倒くさい。

「なら伊達、お前が代替案を出せよ」

京香は下からぐいと伊達を睨みつけた。目が大きい分すごみがある。伊達は子犬のように黙りこくってしまった。

固まった場をほぐしたのは、柚の言葉だった。

「あたし、その方向でいいかどうか、海外の高校の子と連絡取っておこうか？　台湾の子なら、多分すぐ打ち合わせできると思うんだ。二時くらいから、ＰＣルームでするよ」

はんなりと柚が言って、場の空気が弛む。みんな多少は英語を話せるが、日常会話ができるのは柚だけだった。

「ありがとう。頼むよ。ならわたしとあずさでスピーチの内容の打ち合わせをしようか。二時から図書室で打ち合わせ」

京香は慈愛に満ちた微笑みを周囲に向け、そのままの顔で伊達に言った。

「もちろん、伊達は来なくていいから」

そうして、京香は一人食器返却口に向かった。不機嫌でもごちそうさまを言うのが京香らしい。

伊達はへらっとした笑顔を吹き消して、アンニュイな顔つきで前髪を摘まんだ。

「なあ、俺って京香に嫌われてると思う？」

「思う」

あずさは即答した。

「どうすれば好かれると思う？」

「女たらしを止めるのが先でしょ。ひと月前に別れたばっかじゃん」

「なんでお前が知ってんだよ」

「あんたの噂なんて聞きたくなくても耳に入ってくる」

「とにかく、今は京香と付き合いたいの」

「じゃあ告れば？」

「いやー、今じゃねえだろ、さすがによお」

「なんで？」

「なんでって……お前には分かんねえかなあ。もうすぐ共通テストだぜ？　人生かかってるっての。医者は医者でも、国立医学部に現役で行くんだよ、俺は」

伊達は整えた髪が崩れない程度に頭をかき回し、足を解いて席を立った。「じゃあな」

「うん。さよなら、伊達君」

柚は誰と別れる時も、きちんとさよならを告げる。あずさはラーメンを啜る音で別れを告げた。まったく、男って面倒くさい。

いや、男に限らない。高校生はあれこれ色々やりたがる。「推し活のために東京に行きたいなあ」とか「彼氏と他校の文化祭デートをしたい」とか。あれをやりたい、これをやりたい、という欲望の宣言。

しかし賭《か》けてもいい。きっと、その子たちはやらない。推し活のために東京に行きたいというくせに、バイトはやらないし親におねだりもしない。理由をつけて先延ばしにするばかりだ。やればいいのに、と思う。

やりたいのならやればいい。本当にやりたいのかなどと考える前に息を大きく吸って、止めて、全力で走ればいい。猪突猛進に、まっすぐと。

「告りたいなら告ればいいのにね」

柚もあずさと同意見のようだった。柚の声はスキップを踏むように軽やかだ。

「ほんとそう。人生って多分、悠長に思い悩む時間なんてない」

あずさがスープを飲み干して、「今日のスープ、いつもより塩辛い」と顔をしかめると、「毎日ラーメンのスープを飲み干すのは体に毒だよ」と柚は唇の端をゆがめた。

「図書室で待ってるよ」

と、あずさは立ち上がって笑顔を向けた。

「うん、さよなら」

と、柚は上品に微笑を浮かべた。

そしてそれが、三条柚と交わした最後の笑みになった。

幕間一　小説家がさよならを告げるまで

教え子との待ち合わせ場所は、路地裏の喫茶店だった。昼下がりだが、薄曇りの戸外に人の往来は少ない。どこからともなく流れ来たるイチョウの葉の黄色が眩《まぶ》しかった。

自分から呼び出しておきながら、いまだに逡巡《しゅんじゅん》している自分がいることに久宝寺は気がついていた。

病魔にむしばまれた自身の身体については説明した。もう自分に残された時間は多くないことは伝わっているだろうから、来ることは来てくれるだろう。しかし彼は自分の申し出を受けてくれるだろうか。つまり、自分の死後、あの高校で自分の代わりに働いてほしい、という諸々について。……いや、そもそも、果たして自分は申し出をするべきなのだろうか。

（しかし思いつく限り、託せるのはあの子しかいない）

久宝寺は水で唇を湿らせて、何度目かになるおかわりを求めた。頼んだコーヒーは手つかずのままだった。コーヒーは医者に厳禁とされていたのだ。

隣のテーブル席では、高校生の男女が声を抑えて楽しげに言葉を交わしていた。クラスの近況に始まり、嫌いな教師や、苦手なイベントと話題は尽きないようだった。その生き生きとした声が、記憶にかかった薄膜をゆっくりと剝がしていく。

辻玲人は、一言で言うと思慮深い生徒だった。

制服に包まれた体つきは線が細く大人しそうに見えたが、実際のところサッカー部で汗を流した肉体と精神はしなやかだった。国語の授業の時間でも、居眠りをすることは一度もなかった。教科書の下で文庫本を開いていたことは多々あったが、その隙もまた愛嬌《あいきょう》の一つとなっていた。イベントごとを斜に構えて迎える生徒も少なくない中で、積極的に輪に入って周囲に溶け込んでいた。友人は多かったが、特に仲良くしていたのは三人だ。東堂、柏原、それからもう死んでしまったあの子。

そのことを思い返すにつけ、久宝寺は悔恨の念が募る。あの子に他にかけられる言葉はなかったか。もっと自分の言葉で導いてやれなかったか。せめて、玲人にだけでも、もっとかける言葉があったのではないか？　そうすれば、違う結末を描けたのではないか？

なぜなら、自分は真実を知っていたのだ。

真実を知る人間ができるのは、言葉を贈ることだ。かつて自分が描いてきた名探偵たちは少なくともそうしてきた。言葉を贈り、誰かを動かす。なぜ自分はできなかったのだろうと、今でも頭の芯が痛む。

言葉。

まるで霧のように曖昧模糊《もこ》とした魔物。その霧は万能の薬でもあるが、同時に毒にもなりうる。

言葉を生業にしてもう三十年になるが、時間を重ねれば重ねるほど、この言葉というものの存在への畏怖《いふ》は増すばかりだ。それは宇宙に漂う暗闇にも似た永遠の広がりを持ち、同時に顕微鏡を覗き込んで初めて気づくような極めて微細な粒子たちでもある。言葉は道具だという人々の気が知れない。言葉こそが世界の本質であり、人間という不可思議な生き物の魂を揺さぶり、全てを動かすのだ。久宝寺にとって、言葉は神である。そして小説とは神が連なる聖典で、言葉を紡ぎだす声はまさしく福音なのだった。

待ち合わせの時間まで、久宝寺は彼に言うべき言葉を何度も咀嚼《そしゃく》した。

時間の五分前に彼は現れた。純喫茶の煙っぽい空気に混じり合うようにそっとした足取りだった。ニューバランスの灰色のスニーカーが、久宝寺の目の前で止まった。

「お久しぶりです、久宝寺先生」

辻玲人はそう言って、昔と同じ伏し目がちな視線を久宝寺に送った。昔と違うのは、その目が暗渠《あんきょ》のような暗い深みを帯びていることだ。久宝寺はそれに見覚えがあった。死を背負う人間が浮かべる優しい暗闇だった。

その眼差しを見た瞬間、久宝寺の迷いは吹き飛んだ。

やはり、彼に自分の後任を頼もう。

これからあの高校に死が訪れるかもしれない。おそらく二つの命が失われる。それは殺人事件の形を取るだろう。

この子なら、あるいは。

天井からサティのジュ・トゥ・ヴが降り注いだ。窓の外でも雨が降り始めたようだった。

二　見立て殺人

1

玲人は誰に言われるでもなく、教室の窓を開けた。

闇が堕《お》ちたグラウンドから夜の気配が滑り込んできた。凍《い》てた空気を吸い込むと肺が傷んだ。霜がフロントガラスにゆっくりと柱を立てるように、じんわりと冷気がジャケットを羽織っていない体にしみ込んだ。

教卓の上の時計は、午後六時四十五分を指していた。空気を入れ替えたところで、この重苦しい雰囲気を変えることはできないかもしれない。しかし、試してみるしかなかった。それほどまでに、室内の空気は淀《よど》み切っていたのだ。長い夜になりそうだ、と玲人は思った。

三年三組の三条柚が殺された。

救急車に運ばれていく制服の女子生徒の姿を、玲人は思い返した。やけに赤く染まった顔色は、血色がいいという範疇《はんちゅう》にはなかった。おそらく死をもたらしたものの症状の一つなのだろう。指は半開きで固定され、閉じられた瞼《まぶた》は固く引き締められていた。もう二度と開くことはない、と玲人は悟った。そこには生を感じさせる要素が一片も残っていなかった。

玲人は三条柚について、ほんのひと月分しか知らない。

図書委員の顧問として、あるいは国語の授業で、数えるほど顔を合わせただけだ。会話をした記憶もない。しかし、その微笑は印象に残っていた。彼女はいくつもの種類の微笑を浮かべた。友人に同調する時、返しにくい話題を振られた時、雨の滴る窓の外を見やる時。微笑を梱包《こんぽう》して細かに区分された棚に入れて、その時の気分に従って最適な微笑を取り出した。

そして彼女が最後に顔に張り付けた微笑は、玲人の目にまだ焼き付いていた。懐かしむような微笑だった。冷たくなった死者の運ばれていく廊下には、暖房がついていた。

またた、と思う。

死は今回もまた、生温かい。

「辻先生」

窓を閉め、玲人は振り向いた。

三条柚と同じ三年三組の深野あずさだった。唇を白くなるほど引き結んでいるが、目が意思を持ってらんらんと輝いていた。そう見えるのはその大きな眼鏡のせいだろう、と玲人は判断した。友人が死んで目を輝かせる子どもがいるわけがない。

「警察の人はまだでしょうか」

「ああ」と玲人は頷《うなず》いた。「三十分ほどで来ると言っていたけれど」

玲人は自分より頭一つ分下にあるおかっぱを見下ろした。彼女の感情を測りかねた。スカートをやたらと摘まむ仕草は怯《おび》えているようでもあったし、鼻から強く息を吐く音を聞くと興奮しているようにも見えた。いずれにしろ、新任の玲人は生徒のケアをどうするか、ノウハウを持たない。

しかしノウハウを持っていないのは、玲人だけではないようだった。同じ室内には、体育教師の東堂、三条柚の担任の柏原がいたが、二人ともひたすら押し黙っていた。東堂が頭を抱えて憔悴《しょうすい》しているのに対し、柏原はシャツを腕まくりして太い腕を組んで天井を睨《にら》みつけていた。

「お待たせしました」

入ってきたのは、子熊を思わせる中肉中背の中年の男性だった。四角い顔に逆三角形の目は鋭かった。刑事だとすぐに分かった。隣には長身の若い男性が控えている。中年は九曜《くよう》と名乗り、若い刑事は名乗らなかった。

「あー、ばたばたしていてすみませんな。ひとまず、簡単な質問で終わりますから」

九曜の声は喉《のど》に痰《たん》が絡んだようにしわがれていた。柔らかい口調だが情緒はなく、かといって機械的でもない。よく訓練された声だった。

九曜の質問は枕詞《まくらことば》もなく端的だった。

「当時の状況をお聞かせいただきたい。最初に異変に気付いたのは？」

「わたしです」

「お名前は」

「東堂美緒です。体育の担当をしています」

彼女は立ち上がり、長い肢体をきっちり四十五度曲げて頭を下げた。生徒の死を見て憔悴していても、生真面目な所作だった。シンプルに一つでまとめた髪が首筋に流れた。いつもは校内では薄手のジャージ姿だが、今は駅伝の選手が羽織るようなナイロンのロングコートを着ていた。リップ一つ塗っていない唇の色は紫で、普段の快活な姿は見る影もない。

「では、東堂先生。お話しいただけますかな」

「はい、えっと……どんな風に？」

「あー、時間に沿って、ご説明ください。何時にどこにいて、どう動いて、という具合に」

東堂は何度も頷くと、思い出すようにぎゅっと眉《まゆ》を寄せた。薄い瞼の上に、数本の皺《しわ》が寄った。

「わたしは……えっと、五時十五分くらいだったと思います。北棟に用事があって、職員室から北棟に向かいました。

そうして、ふと物置のドアに目をやると、何か白いものが見えました。変だなと思って近寄ると、ドアに貼ってあるのは白いガムテープでした。布テープです。そのあと、すぐに誰かを呼んで来ようと思って走りました。図書室に駆け込んで、玲人……辻先生を呼びました。そして物置に着いて、ガムテープを剝《は》がし、中に入って……生徒を見つけました」

「ふうむ」

九曜は腕を組んだ。本当に口に出して「ふうむ」という人間を玲人は初めて見た。

「いくつか質問をさせてくださいよ。ああ、分かる範囲で構いません」

ちらりと目だけで横を見やった。頭髪を整髪料でオウムのように逆立てた若い刑事が必死に手帳にペンを走らせている。その手が止まってから、九曜は質問した。

「まず一つ目です。東堂先生は何の用事で北棟に行ったんですか？」

「大したことじゃなくて、空き教室の一つで卒業文集の資料組みができないかと思って見に行きました」

「それを証言してくれる方は？」

「職員室にはたくさん人がいましたから、もちろんそれは誰か見てくれていると思います、はい。……え？　あれ？　もしかしてわたし、疑われてるんですか？」

東堂はゆっくりと確かめるように言ってから、ようやく自分がどういう立場でいるか悟ったようだった。つまり、自分の肩書が第一発見者というだけでない、ということに。

いやいや、と九曜は四角い顎《あご》を素早く振った。同時に髪をくしゃくしゃとかき回す。

「あー、形式的なものですよ。とにかく情報を集めるというのが、我々の仕事でして」

さて二つ目です、とすぐに話題を戻した。いちいち質問をカウントするのは、おそらく若い刑事がメモをしやすくするためなのだろう。

「物置のドアにテープが貼られていたのを見たとき、どうしてひとりで剝がさずに図書室に向かったんですか？　自分で剝がそうとは思わなかった？」

「物置には窓があって、中が見えます。そこを覗《のぞ》くと、誰かが倒れているみたいに見えたんです。とにかく誰かを呼ばないと、と思って」

「すぐに蘇生《そせい》措置をしようとは思わなかったわけだ」

「それは――」

「東堂先生の判断は間違っていませんよ！」

はっきり応戦したのは柏原だった。筋骨たくましい体を見せつけるように胸を張った。

「仮に東堂先生が一人で物置に入って蘇生を行っても、誰も助けには来てくれない。北棟には生徒も教師もほとんど行きませんからね。蘇生措置を施したとしても、いずれどこかで誰かを呼びに行く必要がある」

「誰かの非を責めているわけではないんですがね。申し訳ありませんな」

九曜はあっさりと引き下がった。

「三つ目です。なぜ図書室に向かったのでしょう？　先生がいるのは普通職員室では？」

「無意識でしたけど……現場から一番近くで人がいそうな場所がそこだからです」

「ふうむ」

と、そこで九曜は玲人に視線を転じた。黒目は乾いていて、白目は濁っていた。

「で、図書室にいたのが、あなただったということですね？」

「はい。辻玲人です。国語の担当をしています」

「辻先生にもいくつか質問をさせてください。一つ目です。その時間、なぜ図書室に？」

「私は図書委員の顧問もしています。図書委員の生徒に呼ばれたので、図書室にいました」

「二つ目、東堂先生が入ってきたのは何時ごろでしたか？」

「時計は見ていませんが、おおよそ五時十五分くらいだったと思います」

「最後の質問です。東堂先生が図書室に入ってきたときの様子と、そのあとの出来事をお話しください」

「東堂先生が図書室に駆け込んできました。『誰かが倒れてるから来て』と言ったので、私も東堂先生に続きました。物置に到着するのに一分ほどだったと思います。物置には目張りがしてあったので、東堂先生と私でテープを剥がして中に入りました。深野がそれを見ています。そして東堂先生が蘇生措置を施し、私が救急車を呼びました」

「ふうむ」

最後の質問、と聞いていたから安心していると、また質問を投げかけてきた。

「辻先生はどうも落ち着いておられますね。まるで慣れているみたいだ」

玲人は無言で視線を落とした。否定しているつもりだ。もちろん慣れてなどいない。ただ死体を間近で見るのが初めてではない、というだけのことだった。

「さて。そして辻先生と同じ図書室にいたのが、あなたですね」

「はい。三年三組の深野あずさです」

彼女の声は夜の教室を目覚めさせるような力強い響きがあった。滑舌がいいとかよく通るとか、そういうことではない。彼女の声には芯《しん》を貫く意思があった。その響きにどこか懐かしささえ覚えた。懐かしさ？　と玲人は自問した。一体どう懐かしいのか？

中年の刑事は深野をじっと見た。嘗《な》め回すほど粘着質ではないが、やたらと慎重に彼女にかける言葉を選んでいた。刑事といえども、未成年にかける言葉は熟慮するものなのだろう。

やがて、確認するように言った。

「深野あずささん、だね」

「はい」

「……じゃあ、質問をいくつか。一つ目は、深野さんがなぜ図書室にいたのか、教えてくれるかな」

「図書委員で集まることになっていたからです。ええっと、二時からです。私と京香、三時ごろに伊達も来て三人になりました。……柚はPCルームに行きました」

「柚？　亡くなった子のことだね？　彼女も本当は図書室に来る予定だった？　時間は決まっ

ていたのかな」

「時間は決まってなかったですけど、一応来るものだと思ってました。柚も図書委員なので。でも柚はどちらかというとマイペースだったし、特に急いで図書室に来てもらうこともなくて、三人で打ち合わせをしていました」

「ＰＣルームに行ったのを、深野さんは見た？」

「いいえ。けど京香が見送ったみたいです。それで、五時過ぎに東堂先生が図書室に来て、私も辻先生と走っていきました。私は途中で東堂先生を抜かして、それで――」

よどみなく話していた彼女の口調が、そこで絶えた。苦しそうに顔をゆがめ、眼鏡を何度も押し上げた。何かを堪《こら》えるような、痛々しい所作だった。

「ふうむ」

九曜が優しく頷いた。同じ言葉にもいろいろなバリエーションがある。

そして、と九曜は視線を深野から転じた。

「そして東堂先生と辻先生がガムテープを剝がした。辻先生が救急車を呼びに行って、職員室から最初に来たのがあなたですね」

「柏原太一です！　三年三組の担任をしています」

「なぜ物置に来たんですか？」

「辻先生が職員室に駆け込んできたからです」

「時間は分かりますか？」

「五時二十分くらいでした」

そしてまた「ふうむ」だった。しかし、一応最後のつもりらしかった。横目で長身の刑事に合図をした。合図を受けた刑事は手帳を閉じた。

「おおよその事情は分かりました。しかし、もう少しだけここで待機していただけますか。何しろ、まあ、状況が状況ですので」

「状況というのは」

と口をはさんだのは深野だった。息を吸って、一言一言、区切りをつけて吐き出した。

「殺人事件、ということでしょうか?」

九曜は女子生徒へ目を凝らした。今度は明らかに何かを見通そうとする視線だった。瞳《ひとみ》の奥は無造作で無機質だった。

「今言えるのは、まだ今のところ分かっていることはない、ということだよ。そして仮に殺人だったとしても、それは警察の仕事だ。興味本位の介入は、当然必要としていない」

ではは少々お待ちを、と刑事たちは背を向けた。深野は一度下唇を噛《か》んだが、その背中に鋭く声を飛ばした。

「でも犯人はきっと、あの小説を――」

「あの小説?」

反応したのは、長身の若い刑事だった。思いがけず甲高い声で、誰が発したものか一瞬考えてしまうほどだった。

「あの小説というのは?」

あとから九曜がのっそりと尋ねてきた。大きな爪を隠し持っているかのような獰猛《どうもう》な響きだった。深野は物怖《お》じしなかった。

「ミステリー作家、久宝寺肇の遺稿です。つい昨日、この高校の司書室から出てきたんです。今回の状況は、まさしくその遺稿と同じ状況です。つまりこれは――」

「――まさか、見立て殺人⁉」

またも若い刑事だった。髪型だけでなく、声もオウムに似ている。

みな静まり返った。強い意思によって口を閉ざすというものではなく、何かを言うべきなのだろうが言うべき言葉が見つからない、という類の弛緩《たぐいしかん》した沈黙だった。

「久宝寺肇？」

説明を求めるように、九曜が若手刑事を仰ぎ見た。

「有名な作家ですよ。ここ数年はミステリーではなく児童文学を書いていたようですが、ミステリー作家としての地位と人気は不動のものです。代表作は『探偵左近』シリーズ、その他にも秀作が数多くあります」

「見立て殺人……って言うのは？」

続いて柏原が問うた。深野と若い刑事がお互いに顔を見合わせた。今度は深野が答えることになったようだ。

「何かに見立てた殺人のことです。例えば童謡の歌詞に見立てたり、既にある物語に沿って殺人が行われたり。今回の場合は、久宝寺先生の遺稿に見立てて殺人が行われています」

「久宝寺肇の作中でも、作例はいくつかありますよ。例えば――」

若い刑事が早口にあとを継ごうとすると、九曜が長く息を吐いた。それで若い刑事は黙った。

息を吐き終わる頃には、背筋を伸ばして、何事もなかったように灰色の瞳を九曜の頭頂部に落としていた。

「それも含めて、またご意見を伺うとしますよ」

では、と身長差のある二人は出て行った。九曜はこれ以上ないほどがに股《また》で歩き、若い刑事は体中の関節に物差しが入ったみたいに固い歩様だった。その凸凹《でこぼこ》具合は見るものを微笑ませる何かがあった。

しかしもちろん、誰も笑みなど浮かべはしなかった。

長い夜になる、と玲人は思った。

2

夜のコンビニの光って、どうしてこんなにも優しいんだろう?

あずさは不思議に思うことがある。その明かりは、クリスマスのイルミネーションよりも、白熱電球のオレンジ色よりも、ずっと温かい。冷たい冬の風の中、その看板は見ようとしなくても自然に目に入る。目に入ると足がそちらへと向かってしまう。近づくとほっと胸の奥から息が漏れる。木枯らしでかさかさに乾いた喉をいたわるように、温かい吐息だ。

「夜食は太るよ?」

隣を歩く東堂もまた、優しい声色だった。

刑事の事情聴取が終わったのは、九時半だった。寮に戻ったのはその五分後で、部屋に入るとすぐにベッドに倒れこんでいた。洗ったばかりのシーツは柔軟剤の人工的な甘い香りがした。思うことがあったし、考えることもあった。

正確には、思いたいこともあって、考えたいこともあった。そして何より、やりたいことがあった。しかし、疲れていてすべてがうまく機能しなかった。スマートフォンを手に取り、SNSの検索窓に高校の名前を入れた。警察が来たことは書かれていたが、誰がどうというのはなかった。検索ブラウザも同じだ。柚の名前を入力しても、当然何も出てこない。当たり前だ。なぜこんなことを調べたんだっけ、と自分でもわけが分からなくなった。

頭も体もしっかり目覚めさせるために、何か口に入れようと思い立った。お気に入りのダッフルコートを羽織って寮を出たとき、東堂と出くわしたのだった。

「太ろうが何しようが、先生のおごりなんだから遠慮なく買います。アイスだけで五種類は買っちゃいます。あ、おでんも買っていいですか?」

あずさはわざと明るい声で言った。東堂の細い瞳に街灯の光が当たってちらりと揺らいだ。自身の虚勢もすべてを見通されているような心持がして、あずさは時間をかけてコートのボタンを留めた。

学校から一番近いコンビニに行くには、線路を渡る必要がある。改札の前を通り抜けて行くのが人通りも多く安全だが、シンプルに遠回りだ。東堂とあずさは歩行者だけが通れる古い跨《こ》線橋《せんきょう》を行くことを選んだ。

跨線橋には真ん中に明かりがあるだけで全体的に薄暗い。月はきりりとした空気の中で震えているように見えた。鉄柵はさびつき、フェンスも破れているところがあって危なっかしい。

月を見上げたのはいつ以来だろう、とふと感傷的な気分になる。そもそも、月を意識すること自体がここ最近はなかった。多分、今の私の心は通常ではない、と思った。

「何のアイスを買おうか?」

東堂は決して事件について触れようとしない。それが今のあずさにはありがたかった。雪見だいふくは必須ですね、とあずさは当たり障りのない言葉を返す。チョコモナカジャンボが食べたい、と東堂は応じた。

その人物に気づいたのは、コンビニのドアが開いた時のことだ。

「あれ、辻先生?」

思わず声に出して言うと、俯《うつむ》いて煙草をふかしていた男性が顔を上げた。薄い唇から、辻は「ああ」とか「うう」とか、言葉にならないうめき声を漏らした。

「辻先生って、煙草吸うんですね」

呼び止めておいて、それしか話すことが思いつかなかった。言ったものの、煙草で話を膨らませる目途は立っていない。辻は指先の紙巻き煙草に目を落とし、一瞬東堂に視線を滑らせた。最後の白い煙を吐くと、灰皿に押し付けた。

「吸うときもある、くらいだけれど」

できる限り短いセンテンスを探した、という感じだった。すぐに立ち去ろうとするその姿を見て、ようやく言いたいことを思い出す。

「辻先生ってこういうのに慣れてるんですか?」

黒いマウンテンパーカーの動きが止まった。

「こういうの？」

「人が亡くなるようなことに。なんだか、ずっと落ち着いてたから」

辻は何かを探すように右手をポケットに入れた。出てきたのは煙草の箱だった。無意識だったのだろう。東堂が見とがめて、辻は鼻から長い息を吐いた。右手をもう一度ポケットにしまった。

「もちろん、慣れてるわけじゃないよ。しっかり動揺していた」

「そうは見えなかったですよ。冷たい人だなあって思っちゃいました」

「そんなことないよ、玲人は。玲人は昔っから……」

東堂らしくない、意地を張った頑迷な言い方だった。そしてその口調以上に、玲人という親し気な呼び方に、あずさは首を傾げた。

「れいと？」

あ、と東堂は言ってはいけないことを言ってしまった人のする、全ての仕草を行った。つまり、目を丸くし、口を開けて、焦ってあたふたと目を泳がせた。

「ええっと」

もごもごと何かを口走ると背を向ける。「じゃあ、わたしはそろそろ帰るわ。れ……辻先生、あとはお願いします」

東堂は取り繕うこともなく、足早に去って行った。一度縁石でつまずいた。あずさはきっかり十秒、小走りで去っていく背中をぽかんと見送った。

じゃあ俺も、と何事もなさそうに踵《きびす》を返す辻を慌てて呼び止めた。

「え、ちょっと待ってくださいよ。待って。なんですか今の」

「何が」

「東堂先生と辻先生ってどういう関係なんですか？」

「同僚だよ」

「同僚を下の名前で呼びます？」

「あり得ないわけでもないだろう」

「え、もしかして二人って」

「違う違う」

と辻はようやく感情を見せた。あずさに初めて見せた辻の感情は、面倒くさい、というものだった。

「ただの元クラスメイトだよ。この高校の卒業生なんだ、俺も東堂先生も。同じクラスだった。実はさっきいた柏原先生もそうだよ」

「へえ。それで、なんで東堂先生はあんなに慌てるんです？」

辻は大儀そうに天を仰いだ。どうすれば目の前の生徒から逃げられるか、と思案しているらしかった。あずさもつられて遠くに目をやった。意味もなく星を探してみる。しかし、コンビニの光は明るすぎて、オフィスビルは高すぎる。狭い空には薄明るい灰色と頼りない月しか見えない。

「俺と東堂と柏原は友達だった。俺の当時の恋人の親友が東堂で、東堂と柏原は同じ陸上部で仲が良かった。そういうつながりだよ。仲良し四人組ってやつかな」

結局、語ることが最短の道だと辻は悟ったようだった。

「なんだか、全部過去形なんですね。もう友達関係が終わったみたいに」

辻の顎にシャープな鋭角の影が描かれた。瞳はコンビニの光で暗く光った。

「ある意味においてはそうかもしれない。関係は全部終わった」

「どうしてです？」

「俺の恋人が死んだから」

「え？」

「沙奈枝《さなえ》……その子の名前だけれど、彼女は高校三年生の秋に自殺した。それ以来、東堂とも柏原とも一言も話していない。だから多分、もう友人ではないんだと思う」

辻はあずさに視線を戻した。あまりにも自然すぎて、あずさは興味の色を隠すのが遅れた。

辻は諦《あきら》めたように耳の上の辺りを掻《か》いた。

あの日は生温かい秋の空気が流れてた、と彼は語り始めた。


俺が高校三年生の十月のことだ。

異常気象が騒がれた夏で、その名残はまだ残っていた。比企高校にはまだエアコンは設置されていなかった。ほとんどの生徒は夏服のままで、何人かは衣替えでブレザーを着ている、そういう時期だった。

その日、恋人の沙奈枝は体調不良で休みだった。

「放課後に見舞いに行こう」

そう言い出したのは東堂だったと思う。場所は確か食堂だ。東堂は白いブラウスにカレーうどんが付かないように丁寧に食べていた。東堂は昔から誰よりも丁寧で、生真面目だった。そしてさっきみたいに、自分の失言とか思いがけないことがあるとすぐにテンパる。だから、「頭が悪いから体で覚えないと要領が摑めない」って言って、頼まれたことは何でもやる、そんなひたむきな女の子だった。そういう子は基本的に他人にも優しい。だから、見舞いを提案したのは、きっと東堂だったと思う。

「お見舞い？　いいじゃん！　プリンでも持って行ってあげようぜ！」

柏原は元気に賛同した。彼も昔から快活な男だった。快活で人当たりがいい、やり投げの大男。

でも俺は先に一人で見舞いに行った。……いや、特に理由はないよ。偶然授業が早く終わった。恋人なんだから最初に行くのが筋なのかなと思った。そのくらいだ。

一階には管理人さんがいて、お見舞いだと言うと入らせてくれた。今でもそうだろうけれど、普通、男子生徒一人だけを女子生徒の部屋に通すことはできない。恋人が体調不良だってことで、大目に見てくれたんだと思う。

沙奈枝の部屋は二階の南の角部屋だった。風呂とトイレがあるワンルームで、キッチンは共同。ドアは締まっていたけれど、鍵《かぎ》は開いていた。

中に入ると、沙奈枝が首を吊《つ》っていた。

「あの日のことは多分、忘れないと思う」

辻はあずさがいるのを忘れているかのように語り続けた。「ぶら下がる彼女の皺《しわ》のない白い制服、白い靴下、リボン、ついたままの冷房、それから……やけに生温かい空気」

くしゃ、と辻から何か音がした。彼の手が煙草の箱を強く握ったようだった。彼はバツが悪そうにポケットに手を入れなおした。白く長い息が、星の無い夜空に舞い上がる。

「あの……その後は？」

あずさは遠慮がちに尋ねた。尋ねるべきではないのかもしれない。しかしそうせずにはいられなかった。その後、誰がどういう反応をしたのか。そしてその自殺にかかわる者はどうなったのか。

辻の声は感傷的ではなかった。どこまでも続くコンクリートの一本道を思わせた。

「多分、想像どおりだよ。その後東堂と柏原が来た。東堂はブレザーをぐちゃぐちゃに濡《ぬ》らすほど泣き叫んで、柏原は呆然《ぼうぜん》としていた。遺書はなかった。それから……」

平板に流れた口調が一瞬よどんだ。

「……それから少しして、噂が流れた。俺が彼女に暴力的な行為に及んだから自殺した、という類の噂だ。それが一番誰もが納得しやすい」

「まさかそんな」

「もちろん、俺は彼女に触れたことはない。日常での接触はあったけれど、その、いろいろな意味で傷つけていない、ということだよ」

玲人は言い含めるように言葉を添えた。女子生徒に気を遣った遠回しな言い方を選んだのだろう。そしてそうした場合にまま引き起こされるハレーションは皆無だった。あくまで彼の口調は慎重だった。それがあずさの玲人に対する評価を決定づけた。

多分この大人は悪い人ではない。思ったより血が通っているし、生徒の話を聞いてくれるタイプの教師だ。

それは決して、当たり前のことではない。

「ともかく、仲良し四人組は三人組になった。そしてそうした噂がたつと、残った三人組も仲良しではいられなくなった。変にかばって自分も矢面に立たされるより、俺を切り捨てて関わらないようにした方が早い。まあ、そういう結末だ」

辻は長い昔話を終えて、疲れたように肩を持ち上げてからそっと下ろした。

なるほど、とあずさは唇だけを動かした。

「そういう経験があったから、現場でも事情聴取でも、そんなに動じていなかったんですね？」

「もしそう見えたなら、そういうことだと思う」

そっけないが、断定的に言い切らないその言葉の使い方に、あずさはやはり好感を持った。

きっとこの人はいい人に違いない。

この人なら……。

あずさは自身が迷ってしまう前に、口を開いた。猪突猛進《ちょとつもうしん》。やるべきことはいつだって今この瞬間にある。

あずさは唐突に、しかしはっきりと告げた。

「私、探偵になりたいんです」

辻は遠くにあった視線をあずさに戻した。表情はぴくりとも動かさなかった。凍えて動かなかったのかもしれない。

「私、この殺人事件を自分の手で解き明かしたいんです。協力してください！」

深々と頭を下げた。

それでもやはり、辻の口は動かなかった。思えば、先ほどから風もそよとも動かない。コンビニから出てきたスーツ姿の女性がじろじろと二人を眺めた。頭を下げる制服の女の子と二十代半ばの男。人によっては通報されるかもしれないな、と嫌な思い付きがよぎった。

「理由はよく分からないけれど、止めた方がいいと思う」

ようやく言う辻の声は揺るがなかった。

低く、抑揚がなく、そして一定の冷たさがあった。大人がよく発する音だった。他者と一定の距離を保とうとするときの響き。想像したとおりの回答だったのに、その冷静な口調のために、少し決心が揺らいだ。

「でも、でも」

とあずさは必死に言い募った。

「私は探偵にならないといけないんです！　だって、その、柚は友達だし、ずっと仲良しだったし、だからせめて私が――」

やばい、と思う前に涙があふれた。

熱い涙は頰を伝い、冬の空気にさらされて冷める前に、次から次へとだらだらとあふれ出た。

そこで遅れて、やばいな、と思った。

やばい。

なんかもう、色々としんどい。

鼻水も出ているのが分かる。しかし、拭《ぬぐ》う元気もなかった。考えてみると、この数時間ずっと堪えてきたのだ。やばいなあ。なんで柚は、あんな方法でたった一人で死なないといけなかったんだろう？　固いコンクリートの校舎の片隅で一人、十八年の人生を終えなければならなくなったんだろう？　なんで、どうして？

やがて蛇口が閉まると、目の前にハンカチが差し出された。時間をかけてぐしゃぐしゃになった顔を拭《ふ》くと、辻の顔が見えた。真っすぐな眉に黒い瞳、肉のない頰が困ったように歪《ゆが》んでいた。

「分かったよ」と彼は疲労の色を隠さない声で言った。「探偵をしたいんなら、したらいい。俺もできることはする。それでいいか？」

あずさは黙って何度も頷いた。やばい、と今度は事前に思えた。また涙が出そうになる。堪えるために口を開いた。ずびずびと鼻水を啜《すす》りながら、

「いいですけど……その前に」

「ああ」

「アイスとおでん買ってください。東堂先生におごってもらう約束だったんです。あ、アイスは五個ですよ」

辻は無表情に戻って右ポケットをまさぐった。

煙草をくわえ、火をつけた。うまくなさそうに吸う。何かを呟《つぶや》くように、煙草の先が上下した。お前の代わりに生徒におごるんだから煙草くらい許せ、と東堂に告げているに違いない。

「家はどこなんだ？」

やがて煙草をもみ消して辻が尋ねてきた。「送っていくよ」と淡々と付け足した。寮だから大丈夫です、とあずさは答えた。知らなかったのか、と意外に思ったが、担任でもない生徒のことなど、一教師が気にすることではないのかもしれないと思い直した。

「別にさみしくはないですよ？　むしろ母と弟の方が寂しがってるかも」

聞かれそうなことを先回りして答えておいた。辻は興味もなさそうに「そうか」と言っただけだった。

コンビニのドアが開くと、別世界のように温かい空気が二人を出迎えた。

3

事件の翌日、玲人は通常の出勤時間のとおりに学校へ向かった。

職員室は昨日に引き続いて大騒ぎだった。普段玲人とは会話をしない教師たちが話しかけてきた。玲人は質問に短く答えることに徹した。殺人の疑いで警察が介入している以上、多く語ることは避けたかった。

玲人のもとへ来た教師はみな不満げな表情を浮かべ、柏原の方へ流れた。柏原は講談師のように抑揚のある調子で事情聴取の子細を語っていた。

「今から職員会議を始めます」

校長が現れても、その声は広い職員室に行き渡らなかった。静まり返るまで一分ほど要した。

「静かになるまで一分二十秒かかりました」とでも言えば笑いも起きただろうが、当然そんなジョークは無かった。あと数か月で定年を迎える校長は、まさに疲労困憊《こんぱい》という有様だった。一本も髪の残っていない頭皮は血色がなく、目の下は真っ青に窪《くぼ》んでいた。もともと痩《や》せた小男だが、一日でさらに五キロは痩せたように見える。

「えー、昨日の件ですが、まず前提として事態を警察に一任します。学校側としては、えー、とりあえず当面休校とはせずに、半日だけの授業になることになりました。昼一時で一斉下校です。このことは、文科省と相談済みです。続いて……」

その後、校長が語り、質問が次々飛んだが、質問が飛べば飛ぶほど会議の内容は本筋とは離れていった。「食堂は開けるのか。昼ごはんを用意できていない家庭もある」「食堂は開けるから心配無用だ」「図書室はどうなのか」「図書室は閉める」「いや共通テストがあるのだから開けるべきだ」……。

その後は「そもそも」とか「もう一度生徒の立場に立って」とか、そういう枕詞が延々と連なる。職員会議とはほとんどの場合、話し合いではなく報告と連絡の場でしかない。根回しもなく、決めるべき事項やスケジュールが判然としない報告と連絡だから、会議のように見えるだけなのだ。

行きかう言葉の中、玲人が思い返していたのは、昨日のコンビニでの出来事だった。

深野あずさ、と口の中で呟いてみる。

三年三組、すでに大学は決まっている、図書委員である、大きな眼鏡がよくずれる。それくらいしか玲人は知らなかった。一体どういう生徒なのだろう、と玲人はこの仕事に就いて初めて生徒に関心を持った。もちろん、成績や家庭状況や交友関係は、ＰＣを叩《たた》けば確認できるだろう。しかし、玲人が気になるのはそうした背景の情報ではないようにも思えた。

探偵になりたい、と泣くほどこい願う生徒の姿を、玲人は戸惑いをもって見守った。

理屈は分かる。友人が殺された。しかも明らかに何らかの意図をもって殺されている。でなければ、あんな風に見立てる理由はない。それに対して悔しく思うという感情の流れは分かる。義憤により自分の手で犯人を捕まえてやりたい、と。

分かるが、共感できない。

玲人が彼女の申し出に応じたのは、決して共感のためではない。なぜイエスと言ったのか、玲人自身把握できていなかった。もちろん、あの場面で自分が要請を受諾するのが最も手っ取り早かったというのも多分にある。しかし、それ以上にあの涙に何かを見たのだ。共感でもなく、哀れみでもない何か。

何かとは何だ、と刹那《せつな》思う。

思うが、それ以上は考えなかった。

声が止んだ。予鈴が鳴ったためだ。ショートホームルームのあと、授業が始まる。

とにかく、と校長は緩み切った喉の筋肉に何とか力を込めた。

「授業は通常どおり粛々と。生徒の死について、マスコミには他言無用を貫いてください。以上です」

いきり立っていた教師たちは音のない息を吐いた。死という言葉の力によるものだ、と玲人は気づいた。弱々しい校長の口調をもってしても、死という言葉は小うるさい教師を黙らせる不思議な力を孕んでいた。

死について、かつて玲人は考えたことがある。

高校生の頃恋人が自殺した、その後のことだ。

あらぬ噂が立ち、友人もそれを真に受けて距離ができた。玲人は気が付けば一人になっていた。高校生の玲人はひどく傷ついた。恋人の死で出来た傷の上に、さらに友人に切り捨てられたことで、本格的に傷を負っていた。触れると本当に肉体が痛むほどの、確かな傷だった。毎晩眠れず、胃が痛んで、鼻血が出た。体重が一〇キロ減った。混乱のまま、逃げるように関東に出て一人暮らしを始めた。一人で東京という都市に身を置いてみると、自分はあまりにも一人だと身に染みて分かった。一人だと知ると、死というものについて考えずにはいられなかった。

朝起きて大学の講義に行き、アルバイトまで自室に籠《こも》った。数時間ほど白い天井を見上げて、アルバイト先に向かった。総菜を揚げて、パックに詰め、店内に並べた。時にはレジも叩いた。カゴに商品を詰める順番で怒鳴られたこともあるし、外国人からチップをもらったこともある。そしてその間、玲人が考えているのはずっと死についてだった。死とは、命とは、生きるとは。高校球児が授業中にボールを触って手に革の感触を馴染《なじ》ませるように、死というものをいろいろな角度から眺めまわした。答えを求めたわけではない。ただ注意深く観察したのだ。

バイトがない日は、夜の道をひらすら歩き回った。家の近所を歩き尽くすと、電車に四十分ほど乗って港へ向かった。暗い海を左手に見ながら、坂の多い小道を足が棒になるほど歩いた。石造りの橋桁《はしげた》に背を預けて、煙草をふかした。「何々とは」を繰り返して、行きつく先は結局暗闇だった。耳が痛くなるほどの沈黙のある世界だった。

あの時、自分も自殺していればすべてはすんなり解決したのだろう、と思う。

しかし玲人は死を選ばなかった。半年ほどそうやって過ごしたある日、玲人はふと自分が自分を見下ろしていることに気が付いた。ドラマを見ているかのように、レジを叩く自分を見つけた。

これが俺か、と思った。

辻玲人は油臭いエプロンのまま、買い物かごに牛乳を詰め、その隣にキャベツと大根を置いた。その上に豚肉のパックを二枚重ねた。最後にポテトチップとヨーグルトを置いて、一番大きいレジ袋をかぶせた。客は儀礼的に軽く頭を下げて、玲人もマニュアル通りにありがとうございましたと言った。そのドラマには、物語性も壮大なシナリオもなかった。あるのはキャベツというつるりとした摑《つか》みどころのない事物と、包装されて匂いも何もない肉の血の色だけだ。

これが俺だ、と玲人は確認した。

それは確認であり、再発見だった。難しい漢字を見つめ続けているとただの形に見えてきて、しかし数日後にふと見ると漢字に戻っている、それと同じだった。再発見した漢字は、前見た時よりも当たり前すぎるほど当たり前にそこにある。同様に改めて自分をふと見下ろすと、そこにいるのは辻玲人だった。当たり前にいるが、当たり前すぎて随分軽く薄い存在だった。

生も死もないのだ。

あるのは、劇的ではない行為の連続。

それ以来、玲人は死について考えることはなくなった。しかし、自分の身体がひどく軽くなったように感じた。シャボン玉の中に入っているかのように外界に薄い膜がある。そして、自分自身を肩の上から見下ろすくせは治らなかった。

いつの間にか、職員室は玲人とその他数人だけになっていた。

玲人はスリープしたPCを立ち上げた。久宝寺の後任の玲人は、担任を持っていない。二時間目と三時間目に一コマずつ担当があるのみだった。職員室は暗い海の底のように静まり返っている。生徒の時には職員室だけが学校で異質な空気を纏《まと》っている、と感じたものだが、入ってみると何のことはない。この空間だけ社会人の職場というだけのことなのだ。疲労と義務感と不満とが蔓延《まんえん》した小さな空間だ。

誰かが背後に立ったのを感じた。校長だった。

こうして見ると、遠目で見るよりはるかに年老いて見えた。口を開くと、深いほうれい線が独立した生き物のように動いた。

「辻先生。警察の方がお呼びです」

職員室の数個の視線が一斉に玲人に注がれた。

玲人は立ち上がった。校長に連れられて歩く自分自身を、玲人は後ろからじっと見つめた。

昨日の事情聴取は空き教室だったが、今日は八人ほど入れる会議室だった。普段は学年単位や教科単位での会議などに使用する小さな長方形の空間だ。中心に長机がロの字型に置いてあった。部屋の隅に電気ポットがあり、紙コップとインスタントコーヒーの粉がある。窓にはブラインドが下ろされていた。職員室のカーテンも閉められていたことを玲人は思い出した。通勤時の天気は思い出せなかった。雨は降っていなかっただろうから、曇りか晴れだ。

「お忙しいところすみませんね、辻先生」

玲人は九曜を改めて観察した。九曜は昨日と同じ格好だった。ダークグレーのシングルのスーツ、肩口にはふけが小雪のように舞っている。腕時計は国内のメーカーの銀色のアナログ時計だ。パチンコ屋にいそうでもあり、オフィスビルの高層階から降りてくる古強者《ふるつわもの》のエンジニアにも見えた。

玲人が部屋に入って少しして、若い刑事が入ってきた。今日もオウムのように髪が立っている。どうやらこの二人がコンビらしい。

「昨日の、えー、久宝寺先生ですかね、彼の遺稿の話をお聞きしたいんですよ」

「それは昨日話したとおりですよ」

と玲人は応じた。「編集者が探すように私に頼んできた。私は図書委員に依頼してそれを見つけた。そしてそれを編集者に渡した」

九曜は分厚い掌《てのひら》を玲人に向けた。

「もちろん、それはそうなのですが。先生の感想をお聞きしたい。あの遺稿は、どうなんですかな。つまり、価値があるものなのかどうか。例えばあれを真似して事件が起こったとして、それはどんな意味を持つんでしょうか?」

「なぜ、私に聞くんでしょうか。他にも読んでいた人はいましたけれど」

「あなたの他に、東堂先生、柏原先生、図書委員の田中京香さん、伊達遥君、深野あずささんが読んでいました。校外を含めると、出版社の煙ヶ谷という編集者もですね。今のところ、確実にあの文章を読んだのは七名です」

手帳も見ないで人物名がすらすらと出てきた。ぞっとした。刑事の記憶力にではない。改めてこれは殺人事件なのだと認識させられたのだ。そして容疑者はあの遺稿を読んだものに違いなかった。三条柚を殺した容疑者は七人ということだ。そしてそれに自分もきっちりと入っている。

ともかく、と九曜はいがらっぽい声で言った。

「あなたが久宝寺先生の後任のようですからね。まずはあなたからお聞きしたいと思いましてな」

「あの遺稿に価値があるのかどうかは、私には分かりません。ただ、久宝寺肇の『探偵左近』ものですからね。期待する人は多いんじゃないでしょうか」

ぴくり、と若い刑事の角ばった肩が一瞬揺れた。九曜は振り返らなかったが、きっと気づいていたはずだ。

「久宝寺肇とは、それほどの人物なのですかな?」

「全国のどんな小さな本屋にも、一冊は並んでいると思います」

「ほお。いかんせん、私は小説を読みませんので。それでその『探偵左近』ものとは?」

「久宝寺肇を代表するシリーズです」

「どんな話なんでしょうか」

「不可思議な殺人事件が起こって、美麗な女名探偵が快刀乱麻に解決する。そういう類のものです」

「よくあるミステリー小説ですな」

若い刑事が露骨に不快そうな顔をした。彼にとっては『よくあるミステリー小説』ではないのだろう。玲人自身、中高生の頃久宝寺肇のミステリーを読んだが、確かにそれは他と一線を画していた。到底あり得ない舞台での奇怪な殺人、そしてそれを論理的に解決する探偵、それが久宝寺肇の真骨頂だった。若い刑事もそう思っているに違いない。

しかし、久宝寺はその作品を恥じていた。あの日喫茶店で、彼は確かにそう言ったのだ。

「では、あの小説の続きはどこにあるんでしょう？」

九曜の口調はいささかもぶれなかった。しかし、若い刑事がわずかに顎を上げて緊張した面持ちになったのが分かった。なるほど、と玲人は胸の内で納得した。こちらが本当の質問らしい。

しかし、同時に疑問がもたげた。なぜそれほど、あの小説に拘るのだろう？　確かに今回の事件は小説に見立ててはいる。しかし、それはそれとして、現実の事件は科学的に粛々と捜査をすればいい話だ。

玲人が押し黙ったのを見て、九曜は半分だけ後ろを見やった。明らかに緊張している若い刑事を睨みつけ、首を振った。

「別に、あの小説に何かの根拠を求めようとはしとらんのですよ」

九曜は口調にわずかに諦めた調子を滲《にじ》ませた。「ただ、参考にはなると思いましてな」

「参考になるでしょうか？」

「おそらく、多少は」

「なぜです？」

「防犯カメラに犯人の映像が映っていなかったからですよ」

彼の声の調子は変わらない。

しかし、逆三角形の目が鋭く玲人の様子を探っていた。

「あの部屋の前には防犯カメラがあるでしょう？　廊下を行き来したら、必ず防犯カメラに映る。分かりますか？」

「分かります」

「しかしそこに犯人は映ってはいなかった。誰一人としてね」

「そんなミステリー小説みたいなこと……」

思わず呟いた言葉に、九曜はその言葉を待っていた、というように唇をひねり上げた。

「だからこそ、あの小説の続きが知りたいのですよ」

探られていることは分かる。しかし玲人は首を傾げることしかできない。

「編集の方にもお伝えしましたが、続きがどこにあるか、本当に分からないんですよ」

「探した場所はどこですか？」

「職員室の久宝寺先生のデスク周りと、司書室です。発見された原稿は、司書室にあったのを図書委員の生徒が見つけました」

「辻先生自身は司書室は探さなかった？」

「探しましたけれど、なかなか物を見つけ出せる空間ではないんですよ。見ていただければ分かります」

「ふうむ」

くい、と顎をしゃくると、若い刑事は速足で出て行った。おそらく、今後司書室に警察の手が入るのだろう。

「防犯カメラで言うと、もう一つ気になることがありましてね。誰も映っていない、それがそもそも気になるのですよ。昨日は平日だ。なのになぜ、北棟の防犯カメラに生徒や教師が映っていなかったのでしょう?」

「それは北棟はほとんど誰も使用していないからだと思います」

「三階のPCルームにはかなりパソコンがありましたよ。あそこも?」

「昔は使っていましたが」

昔、といっても玲人が高校生の頃のことだ。当時と事情が全く違う。「今は個人で十一インチの高性能なタブレットを持っていますからね。情報の授業も基本的には教室で行うんだと思います」

「ふうむ」

情報をインプットするように、人差し指で鳥の巣のような頭頂部を叩いている。

「ところで、辻先生は被害者が所属していた図書委員の顧問でしたね。被害者はあの日、まず北棟三階のPCルームに向かったことが確認されています。何をしに行ったか、ご存じですか?」

「はい。文化交流事業のために海外の高校の生徒と、オンラインで打ち合わせをしていたのだと聞いています」

「その文化交流事業とやらについて、詳しくお聞かせ願いますかな?」

九曜はずんぐりとした顎をわずかに持ち上げた。訊《き》いている顔ではない。観察している顔だ。これから玲人が話す情報は、とうに仕入れていることだろう。

「今年、本校では文科省の委託事業が採択されました。高校生のグローバル化を促す試みを行う、という趣旨のものです。事業は図書委員に一任されました。これまでは、海外の協定校とオンラインで適当に英会話を楽しむ、程度のことをしてきたようです。とはいえ、事業である以上何らかの成果を残さないといけない。そこで『自国の小説を紹介し合い、異文化理解を深める』ということを成果にしようと決めた。昨日、三条柚は協定校とその交渉役として打ち合わせにPCルームに行った、そう聞いています」

教科書を読み上げるよりもさらに抑揚を欠いて、玲人は言った。

九曜は自分で聞いておきながら、途中から億劫《おっくう》そうに耳たぶを引っ張っていた。油であげたそら豆のように固そうな造形をした耳たぶだった。

「なぜそう決まったのでしょうな。その『小説を紹介し合う』というのは」

「もともとは久宝寺先生の案だそうですよ。彼はそういう人です」

「ふうむ?」

「つまり、言葉こそが人間を救うと信じていました。そして言葉の集合体である小説の力を信じていました」

「あなたは信じていない?」

「どうでしょう」そんなことを聞いて、警察に何の得があるのだろう。「言葉は基本的に力を持たないと思います」

九曜は頬を持ち上げた。親しげな者に向ける笑みだった。刑事もこういう表情を作ることができるのか、と少し驚いた。

「まことに現実的ですな。同感です。刑事をしていると言葉の無力さに反吐《へど》が出そうになることがありますよ。ナイフを振りかざした相手に言葉は届きようがないし、血まみれで生き残った少女に声をかけても彼女の心に言葉は染み込まない」

最後に、と彼は言った。本当に最後だろうか、と玲人は内心身構えた。

「被害者から何か相談を受けていたことはありませんか？」

「いいえ。私は先月からこの職に就きました。図書委員も週に一度集まるだけですから、数回しか関わりはありません」

「彼女が恨まれるような出来事は？」

「記憶にありません」

「被害者の担任は誰なんですかね？」

「柏原先生です」

ありがとうございました、と九曜は頭を下げた。髪の毛の奥には白い塊が点々と見える。

「しかし、まあ、柏原先生に話を聞くのは午後になるかもしれませんな」

玲人が儀礼的に立ち止まると、ひどくつまらなさそうに彼は続けた。

「生徒に影響が出ることは控えてほしい、ということでしてな。担任だと、そう時間もとれないでしょうな？」

「警察が捜査に協力しろと言えば、誰も断らないでしょう」

「そう簡単でもないんですよ。なにせ、理事長が大物だ。今は大人しいが、かつては怪物の異名を取った言論人ですよ。彼がそう言えば、警察も丁寧に動かざるを得ない」

「そして被害者は理事長の孫だ」

「そういうことです」

単純な疑問が、まるで引き出されたかのように玲人の口をついて出た。

「なぜ彼女は殺されたんでしょうね」

殺された、と言う言葉は思いのほか軽かった。

その言葉を待っていたのか、あるいは典型的な問いなのか、やけに厳粛に九曜は答えた。

「目下捜査中です」

4

その日のあずさの午前中は、流れるように過ぎていった。

昨日、コンビニの前で壊れた水道のように涙があふれ出た。止水栓は修理できていなかったようで、寮に帰ってからも何度も泣いた。あふれ出た分、口に物を入れた。アイス三個、おでんのがんもを一つ体に入れて、その分だけ腹が据わった。

私はもう、やるしかない。

授業中、あずさはずっとスマートフォンを見て過ごした。もちろん、昨日の事件の報道を調べていたのだ。驚いたことに、全国ニュースでは取り上げられていなかった。ローカルの報道機関がいくつか記事を上げているのみだった。しかも事の概要だけで、大きくは触れられていない。殺人事件とはそういうものなんだろうか？　しかし学校で殺人事件なのだから、もっと大きく取り上げられてもいいはずだ、とそこまで考えてから、理事長の力なのだろうと思い当たった。

検索ブラウザに三条理事長の名前を打ち込むと、インタビューがたくさんヒットした。いくつか見たが、なんだか偉い人ということが分かるだけで、今一つ実態が摑《つか》めない。ウィキペディアの来歴、業績、受賞歴……延々とスクロールしても、なかなか終わりが見えずに諦めた。要は資産家の生まれで、血縁関係がすごくて、思想家としても著書が多く、さらに建築家としての自身の業績もとんでもないということらしい。いくら読んでも、やはり実態は見えなかった。あずさにとって彼の実態とは、校内を豪華な車いすでうろうろ散策する、優しそうで太ったおじいちゃんである。

ＳＮＳで比企高校の名前を打ち込む。ヒットするが、被害者の名前などの詳細はまだ明らかになっていなかった。ＳＮＳにまで理事長の力が及ぶとは思えない。鍵をかけたアカウントでは色々やり取りをされているのかもしれない。自分の高校の生徒のモラルの高さに頭が下がる思いだ。

スマホから目を上げる度に、目の前の空席が嫌でも目に入る。

慌てて目を閉じてみるが、もちろん何も変わらない。空席の右にいる伊達は、今日はあずさに何も声をかけてこなかった。いつもなら必ず意味のない冗談と、人の胸にちくりと刺すような言葉を残してくる彼が今日は随分と寡黙だった。

二時間目の休み時間、たまりかねてあずさは伊達の席の前に立った。柚の死で思うところがあったのか、ヘアスタイルがいつもより落ち着いていて、伊達メガネもかけていない。

「柚のこと、聞いてる?」

伊達は参考書から重そうに視線を持ち上げた。

「まあ、噂では、な」

「どう思う?」

「どうってお前……」

「柚の人生は幸せだったのかな?」

伊達は黙ってしまった。昨日自身で柚に言った言葉だ。伊達は何かを思案している。どんな深い言葉が出てくるのだろう、とあずさはほんの少しだけ期待した。

「共通テスト近いんだぞ。ほっといてくれよ」

「……ああ、うん」

もちろん、それは各々の人生の優先順位の話だと分かっている。

伊達の人生の成功は誰もが羨《うらや》ましがることなのだろうし、その第一歩が共通テストなのだ。それは全然悪いことではないし、否定するつもりはない。ただ、その順位が柚の死という事件よりも上にあることが、あずさを失望させた。恐怖さえ覚えた。友人が死んでも、その事件で多くの人の人生は変わらない。きっとみんな、キャンパスライフを送る中で、この事件のことなどすぐに忘れ去ってしまうだろうとあずさは悟った。悲しいし、空しかった。

死とはその程度のものなのだろうか？

四時間目の終了のチャイムが鳴るやいなや、あずさは教室を駆け出す。行き先は職員室だ。ドアの前に立つと、ちょうどドアが開いた。東堂だった。

「あれ、深野。どうしたの？」

彼女はいつものように薄手のジャージ姿だった。今日はアシックスの白色だ。昨日のことなど忘れたかのようにけろっとしている。もちろん、生徒にはそう見せようとしているのだ。珍しく濃く化粧をしているのは、目の下のくまを隠すために違いない。

「辻先生に用があって」

つじせんせい、という言葉の響きに東堂は短く息を吐く。

「……昨日、辻先生から何か聞いた？」

「元同級生だったたって言ってました」

「それ以外は？」

「ええっと、元友達だって」

言おうか一瞬迷って、判断する間もなく言葉にしてしまった。猪突猛進はこういう時困る。こんなにも東堂が悲しい顔をするとは、あずさは想像していなかったのだ。

彼女はあずさの言葉にはっと目を大きくした。そしてきつく唇を嚙んでしばらく俯いていた。堪えたものをゆっくりと細い息で吐き出し切ると、顔を上げた。いつもの快活な表情に戻りきっていない。本当につらい思いをして顔をしかめたあと、元の表情を取り戻すには時間がかかるのだ。

「……じゃ、辻先生を呼んでくるね。ちょっと待ってて」

しばらくして、東堂は辻を引き連れて現れた。辻ともあずさとも目を合わせずに去って行こうとする東堂を、あずさは慌てて呼び止めた。

「あの、東堂先生」

「ん、どうしたの？」

どうしたというわけではない。ただあんなに悲しませるつもりはなかった、と弁解したかったのだ。しかし、辻がいる今それを言うのもどうなのだろうとも思う。今回はきちんと迷いを咀嚼《そしゃく》した。

「あの、えっと、よかったら一緒に調べませんか？」

しまった。

もしかして私バカなことを言っているかも、と思ったが、走り出したらもう止まれなかった。

「昨日の事件について。辻先生と約束したんです。私が探偵で、辻先生がそれを支える助手になるって。東堂先生も一緒にどうですか？」

……やっぱり私はバカだ。

言い終えて、あずさは頭を抱えたくなった。傷つけてしまった東堂先生にかける言葉として、『思いがけず傷つけてしまった友人を、放課後のお菓子パーティに誘う』、そんなイメージしかできなかったのだ。殺人があって、探偵役の助手に誘われる。それが東堂にとって心休まるもののわけがない。

東堂は疑わしそうに辻を見やった。

「辻先生がそんなことを？」

辻は視線を遠くにやり、顎を中指で所在なく撫《な》でている。否定しようと、一度首を振りかけたのがあずさには分かった。確かに、助手をするとまでは言っていない。しかしあずさが辻に期待したのはそういうことだった。探偵が探偵であるには、探偵と認める他者の存在が必要だった。それはすなわち助手である。

否定するかと思った辻は、しかし、

「ある程度は、そういうことです」

と述べるに留めた。

政治家のような物言いで少しおかしかった。微笑むあずさとそっぽを向く玲人の様子を見て、東堂はこめかみに人差し指を当て何かを考える仕草をした。

「……うん、いいよ。わたしも助手になるよ」

言ったそばから東堂は職員室を覗き込むと「東堂、体育教官室にいます！」と大きな声で宣言して歩き出した。

あずさは慌てて後を追いかけた。

「え、そこでなにするんですか？」

ずんずんと東堂は歩みを進める。

「そりゃ、情報共有でしょ。玲人も今日警察に呼ばれてたみたいだし、わたしもさっき呼ばれたしね。あまり他人に聞かれるのもあれだし、これからは体育教官室が探偵の事務所になるってことで。玲人もいいでしょ？」

東堂は何かがふっきれたように勢いがいい。辻のことも「玲人」と昔のように呼ぶことに決めたようだった。あるいはその逆で、辻を「玲人」と呼ぶことで、他の全てをふっきるきっかけにしたのかもしれない。

体育教官室に入ったのは初めてだった。

灰色のデスクが壁に向かって四つ並んでいた。写真立てもデコレーションもなく、無骨さを競っているようにさえ見える。その一つに、柏原が座っていた。三人が入ると、彼はなんとも微妙な表情を浮かべた。驚きでもなければ苛立《いらだ》ちでもない。柏原は曖昧《あいまい》に口を卵の形に開いた。笑みなのかもしれない。

「珍しい組み合わせですね。……何か用ですか？」

よそよそしい柏原の様子ではっとする。この三人はかつての仲良し四人組のうちの三人なのだ。玲人に言わせれば「元友人」である。そしてそれは柏原にとってもそうに違いなかった。

「ちょっと隣の和室借りますね」

東堂が言うと、柏原は頷いて思い出したように立ち上がった。

「僕はそろそろ警察に呼ばれる頃だと思うので、職員室に行きます」

逃げるように去る柏原を、東堂はこれまた微妙な顔で見送った。頬の内側の肉を噛《か》んでいるみたいに見えた。悲しみなのか哀れみなのか、よく分からない。この二人の間も相当にぎくしゃくしているらしい。辻は全く表情を変えなかった。重い雲の垂れこめた窓の外を見ている。

体育教官室の右手に小さな給湯室があった。その前には小上がりの和室があった。

「何でここにこんな和室があるんですか？」

「昔は宿直室だったみたいだね。今は教師のちょっとした休憩場所。お菓子食べたりコーヒー飲んだりね」

「なんだかずるい」

ずるかないわよ、と東堂は急にくだけた調子になった。

「職員室にもポットはあるけど、職員室で飲むコーヒーなんて泥の味がするもん。ストレスが吹き溜《だ》まった負の空間だから、味もきっと変わっちゃうのよ」

「そんなまさか」

「ほんとほんと」

東堂は言いながら、コーヒーカップを用意した。インスタントコーヒーの粉を入れて、ケトルのお湯を注ぐ。たちまち三つのブラックコーヒーが出来上がった。

「深野、砂糖とミルクは？」

「私はいつもブラックです」

背伸びしちゃって、と茶化してくる。嫌味っぽくない、丁寧な声かけだった。

当然、東堂はあずさのケアに努めているのだ。友人が死んだ生徒が、急に探偵をすると言い出した。その心の動きは多分、はたから見れば異常に見えるのだろう。まずはそばに寄り添い様子を見よう、という意思は、言わずとも東堂の身体からにじみ出ていた。

「さて」

とコーヒーカップに唇をつけてから東堂は言った。「じゃあ、情報共有から始めようか。……えっと、それでいい？」と、あずさに目配せをする。

「もちろん、それでいいです」

不器用に探偵として扱おうとしてくれていることがくすぐったい。しかし、自分は柚のためにも探偵にならねばならないのだ。あずさはそばにあるメモ帳とボールペンを拝借した。

「東堂先生、辻先生。今日、刑事さんと話して分かったことを、なんでも話してください」

あずさが辻に視線を送ると、辻は首を傾けて骨を鳴らした。

「俺が聞かれたのは主に遺稿についてだ。感想や見解、続きのありかを尋ねられた」

「あのプロット、続きがあるんですか？」

「読者への挑戦があるなら、それの解決篇があると考えているみたいだな」

「へー。警察もそういうものを参考にするんですね。もっとこう、現場主義なのかと思ってました」

「基本的にはきっとそうなんだろう。ただ、どうも現場の状況が自然ではなかったみたいだ」

「というと？」

「防犯カメラに犯人の映像が映ってなかったらしい」

「……」

返す言葉を見つけられないあずさに代わって、東堂が何度も頷いた。

「わたしも防犯カメラの映像について聞かれたよ。被害者はまず、三階のＰＣルームに行った。その映像は映ってる。けど、その後、誰も防犯カメラには映っていなかったってさ。それはおかしいんだよ。……ちょっと深野、ペン貸してくれる？」

東堂は三色ボールペンの黒色で、現場の図を描き始めた。ものの数分でそれは出来上がった。

東堂は三階の廊下をペンで差して続けた。

「刑事さんの話を総合すると、当日の被害者の行動はこう。午後二時前にＰＣルームに向かって二時からオンラインの会議を始めた。それは田中京香が見送ってるし、被害者がＰＣルームに行くのは、三階の防犯カメラにも映ってる。けどその後、北棟の東側の各階の三つの防犯カメラには怪しい人は誰も映ってないんだって」

あずさはつい昨日、同じ場所を歩いたことを思い出していた。チョークを取りに行く時のことだ。東堂の書いた防犯カメラの位置はあずさの記憶と同様だった。北棟へ通じる渡り廊下は北棟の西側にある。そのため、北棟の東側に行くには、必ずこの防犯カメラに映るのは間違いない。

「エレベーターはどうなんだろう」

沈黙を嫌うように、辻が口を開いた。視線はあずさを向いている。「多くのエレベーターには防犯カメラがあるんじゃないか？」

あずさは首を振った。

「北棟は古いのでエレベーターには防犯カメラはないはずです」

「なら被害者は、エレベーターで二階に行ったことになる。階段で行けば防犯カメラに映る」

辻の言葉に東堂は意味もなくおでこをなでている。癖なのだろうが、いかにも生真面目な印象を与える。

そうだね、と東堂は少し考えて口を開いた。

「刑事さんの話では、被害者は三十分間、オンラインで海外の高校の子と打ち合わせしていたみたい。ＰＣルームにあったタブレットに、その履歴と録画した動画が残ってたって。被害者は二時半に打ち合わせが終わった後、何か用事があってエレベーターで二階に行ったことになる」

「用事って何でしょう？」

「さあ。ちなみに、被害者が何かトラブルに巻き込まれていたっていう情報もない。学校を休んだのも、この一年のうち去年の十一月の最終日と十二月の初日の二日間だけだったみたい」

「……謎がいっぱいですね。刑事さんは何か見解を言ってたんですか？」

「『被害者の行動に不可解なことが多い』って」

不可解。その言葉は魚の小骨のように、喉の奥に突き刺さった。

あまり記事になっていないのは理事長が止めていることもあるかもしれないが、警察もまだいろいろな見通しが立っていないだけなのかもしれなかった。コーヒーは苦い。カフェインで目は覚めない。もう覚めているのだ。柚の死は、嫌な夢などではない。事実、現実に、友人が死んだのだ。

黒い水面に波紋が広がる。

「被害者の死因はなんだったんでしょう」

辻はぽつりと東堂に尋ねた。彼は空気が重苦しくなる前に、絶妙な間合いで言葉を落とす。

東堂はほうと息をついて、思い出したようにスティックシュガーを手に取った。コーヒーに袋一つ分たっぷりと砂糖を入れる。

「練炭による一酸化炭素中毒死だったみたい。部屋の隅に置かれていたでしょ？」

【北棟見取り図】

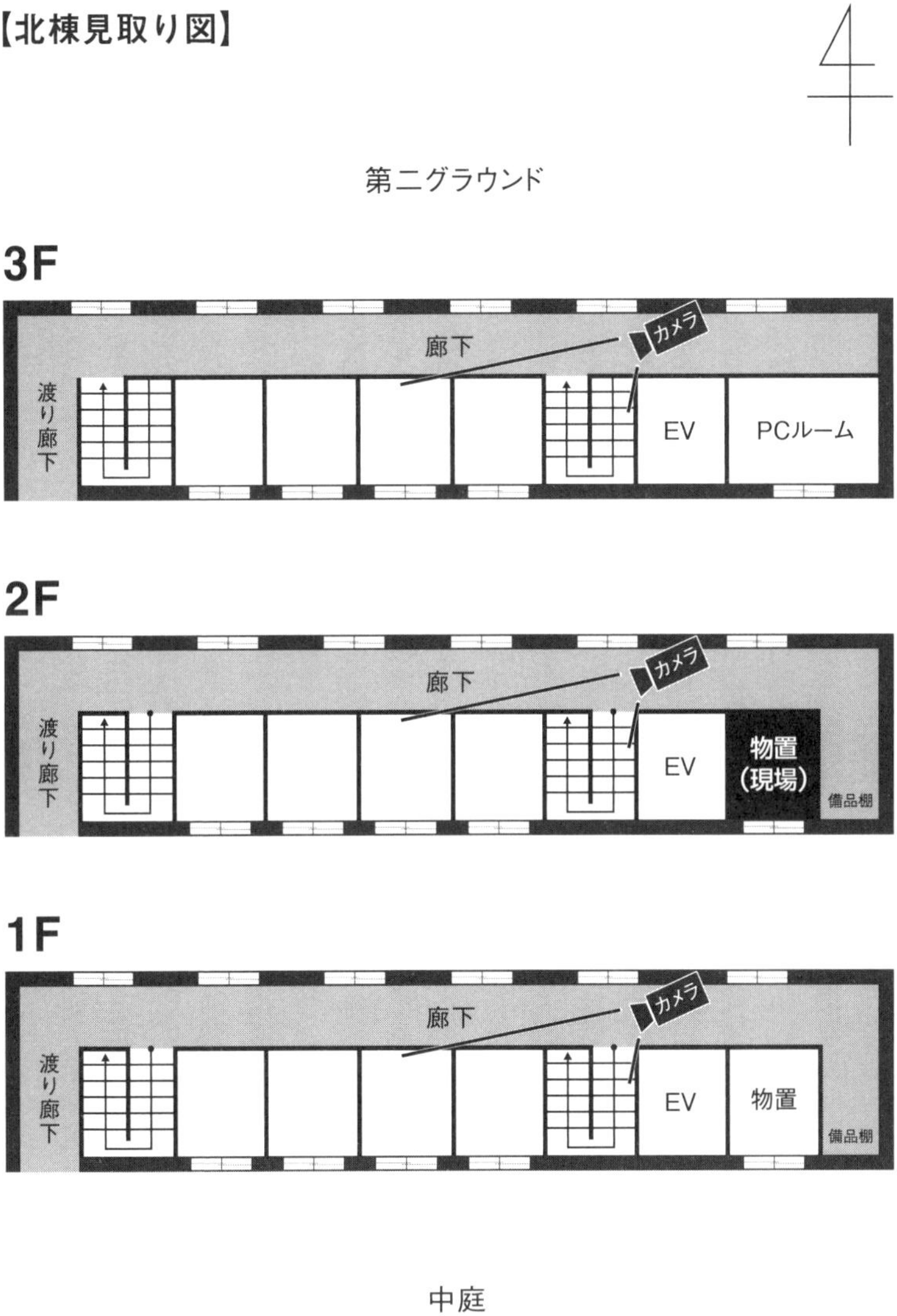
第二グラウンド
3F
廊下
カメラ
渡り廊下
EV
PCルーム
2F
廊下
カメラ
渡り廊下
EV
物置（現場）
備品棚
1F
廊下
カメラ
渡り廊下
EV
物置
備品棚
中庭

「練炭がどうしてあんなところにあったんでしょうか」

「学校にも、災害用備品として練炭と練炭コンロはあるよ。けど、今回使われたのはそれとは違うみたい。犯人がどこかで買って物置に持ち込んだんだ……ってのが警察の考えみたい」

あずさはずれる眼鏡にかまわず、ペンを走らせる。被害者、容疑者、当日の被害者の行動。

「情報共有はこのくらいだけど……って深野。あんたって本当に字が綺麗ね」

ある程度書いたところで東堂が話しかけてきた。あずさは顔を上げずに答えた。

「字だけは得意だったんです。小学生のころから、教科書みたいな字だって褒められてました」

「その才能、わたしにも分けてほしいわ」

東堂はコーヒーを啜《すす》って、自分の書いた校舎の図を見下ろした。何かを考えているようだったが、渋い顔を作って黙って首を振った。

それで、と東堂はあずさがペンを置くのを待って尋ねた。

「どうする？　やれそうなことはいくつかありそうだけど」

あずさは腕を組んだ。やれそうなことは……確かに、いくつかある。指折り数える。

「そうですね、まずはできそうなことを列挙してみましょうか。

一つ目は現場検証。犯人が防犯カメラに映ってない以上、犯人は通常ではない方法で北棟の物置に行ったことになります。つまり、何かしらトリックが使われてるはずです。現場でそれを確認するのはしないといけないでしょう。

二つ目は、目撃情報の収集です。柚と最後に会った京香などに、北棟に近づいた人がいないか、聞いて回るのは有効でしょう。ふとした情報から、殺人事件の犯人像が絞られるかもしれません。

　三つ目は、遺稿の結末の捜索ですかね。これが見立て殺人である以上、もし解決篇があるのなら、その結末を見つけるのが最も近道かもしれません」

　それにもし、とあずさは話しながら思いついたことを口にした。目の前の二つのカップのコーヒーは空になっていた。玲人のものにだけ、底にうっすらと黒い液体が残っている。

「――もし、遺稿の続きがあるとして、そこにさらなる殺人が描かれていたとするならば、まだ殺人事件が続くことになります」

　ひゅっと空気が鳴った。

　東堂が息を吸い込む音だった。東堂の中性的な声が小さな和室に響き渡った。

「なら、遺稿の続きを早く探さなくちゃいけないじゃない！　じゃないと、また人が死ぬことになる！　続きが司書室にあるんだったら――」

「落ち着いてください」

　辻の声が響いた。鋭くはない、むしろ漫然とした鈍色《にびいろ》の声だった。しかし遠くにも届く鐘のような、広がりのある響きをもっていた。

　辻はコーヒーの残りを五秒ほどかけて流し込んだ。あえてゆっくりやっているのだ、ということはあずさにも分かった。東堂の興奮が収まる時間を取ったのだ。

　多分、と彼はおもむろに口を開いた。

「物を探すのは簡単なことでしょうから、遺稿の続きの捜索は警察が真っ先にしていると思います。それに先日、久宝寺先生の担当編集者が、遺稿の続きを探しに来ると言っていました。

きっと彼が協力してくれるでしょうし、その時でいいでしょう」

「でも……」

辻があずさを見た。探偵はお前なんだろう、とその目は伝えてきた。あずさは頷いた。

「なら、まだ遺稿のことはそんなに気にしなくていいんじゃないですかね。それより、現場検証か事情聴取を先にしたいです」

「けど、もしあの遺稿に続きがあって、そこに殺人があるんだったら、絶対に止めないと」

東堂はまだ渋っている。

ならこうしましょう、とあずさは再度提案した。

「私は東堂先生と現場検証か事情聴取をします。辻先生は遺稿のことを探ってください。あの若い刑事さんは遺稿を気にしていた風ですし、あの人に聞くのはどうでしょうか？」

ようやく東堂は頷いた。そうだね、と自らを励ますようにわずかに微笑む。

立ち上がるあずさに辻がアドバイスをくれた。

「現場に行くより、事情聴取を先にした方がいいと思う」

「どうしてですか？」

「生徒は一時には帰るから」

「分かりました」

空の灰色は濃くなり、今にも雨が降り落ちてきそうだった。

あずさはメモ帳を片手に京香を探した。ブレザーを脱いできたことを後悔した。暖房が効いているため寒くはない。ただ、メモ帳をしまう場所がないのだ。制服のスカートにはポケットはなく、ブレザーの外側に二つ、内側に一つあるだけだ。赤いリボンなんかより、スカートにポケットを付けてほしい。

右手から左手にメモ帳を持ち替えながら、どういう顔であの子と話せばいいのかと少し緊張していた。昨日の事件以降、京香とは出会っていない。冷静な京香のことだから、きっと涙は見せないだろう。絶対に悲しみを表には出さないタイプだ。高校生からの付き合いでも、それくらいのことは分かる。

隣を歩く東堂との無言の隙間がどうにも気にかかり、あずさは言葉を探した。

「東堂先生って、辻先生のことが好きだったんですか?」

「なっ……」

東堂は耳まで真っ赤に染まった。みるみる赤面する、という光景を見るのはどこか懐かしく、心が少しだけほぐれる。

「分かりやすいですねえ」

「もう、ばか。茶化さないの」

「辻先生の、どこがよかったんです?」

「玲人は……」

言いかけて、すぐに唇を噛んだ。「……まあね、昔の話だから」

東堂は何かを振り払うように首を振った。元友達、という言葉を思い出したのだろう。視線を廊下に落とした東堂の横顔は真剣で、本当に辻先生のことが好きだったんだな、とすんなりと腑に落ちた。同時に、考えもなく言葉を発した自分の浅慮を恥じた。

……私はいつも言葉を間違える。

もっとうまく言葉を御すことができればどれほど生きやすいだろう、とあずさは思う。思うだけで、どうすればいいのかは分からない。いつも自分が自分を置いてけぼりにしてしまう。

図書室を覗くと京香がいた。学習スペースの一番端で、頬杖《ほおづえ》をついて窓の外を見ている。肩の上にかかるうねった髪が、暖房の空気にはたはたと揺らいでいた。

「京香」

小声で呼ぶと、まず視線だけがあずさを捉《とら》え、コンマ五秒後に顎をあずさに向けた。表情は読めなかった。

京香は何かを言おうとして、口をつぐんだ。周りには必死に参考書を開く同級生が何人か座っている。京香はくいと形のいい顎をしゃくって、あずさを図書室の隅に設けられた談話室へと誘った。談話室に向かうとき、司書室の方を見ると、警察の関係者であろう人が何人かうろついているのが見えた。

「あずさ、大丈夫か。ひどい顔だぞ」

談話室は図書室の一角にある、ガラス張りの空間だった。室内に入ると、京香は開口一番そう言った。思わず頬を撫でる。いつもと違わない、化粧っけのない乾燥した肌の感触が指先に残った。

「そうかな。いつもこんな肌触りでしょ」

「バカ。顔色が悪いって言ってんだよ」

「あー、そうかなあ」

「ま、昨日の今日だからな。仕方ないけどよ」

　ぶっきらぼうだが、愛情のこもった口ぶりだった。京香なりに気にしてくれているのだ、と思うと単純に心が軽くなった。口も自然と軽くなる。

「そう、昨日のことなんだけどさ。少し聞きたくて」

　そう切り出すと、京香はあずさの後ろに目をやった。そこであずさは忘れていた助手の存在を思い出した。

「東堂先生のことはまあ、気にしないで。協力者的なやつ」

「ふーん。で、なに？　昨日の話だっけ？」

「そうなんだよね。昨日、柚と最後に会ったのは京香なんだよね？」

「そうだよ」

　柚という言葉が出ても、京香のきりっとした眼差しは動かなかった。ただほんの数ミリ、艶《つや》のあるまつげが揺れただけだ。

「いつ会ったの？」

　刑事さんにも聞かれたな、と京香は無造作に頭を掻いた。

「柚に会ったのは二時前。教室から図書室に向かうときに、柚に声をかけられた。廊下に立って、まるでわたしを待ってるみたいだった。タブレットを持ってたよ。わたしは特に急ぐでもなかったし、柚に押し付けて悪いな、とも思ってたから、北棟三階のＰＣルームまで一緒に行った。『協定校との打ち合わせ、よろしく』ってわたしは言った。柚は『また報告するね』って答えてＰＣルームに入って行った」

　また、という言葉が鼓膜に突き刺さって離れなかった。そして彼女に「また」は来なかった。今日、今この瞬間に、柚はどこにもいない。

「疑問なんだけどさ、なんで三条はタブレットを持ってたの？」

　東堂が割って入ってきた。

「オンライン通話をするんだったら、ＰＣルームのパソコンでもいいんじゃない？」

　あずさと京香は顔を見合わせた。タブレットなどが学校に導入されて久しいが、教師の理解度に差がありすぎる。

　京香は小指で耳の後ろの髪の毛を梳《す》いている。

「あそこにあるのは古いデスクトップですからね。カメラもマイクもついてないんですよ」

「でも、それじゃあわざわざＰＣルームに行く必要なくない？」

「ＰＣルームが一番通信が安定してますから。これまでの交流も、全部ＰＣルームでしてたんですよ」

　東堂は何かを考えるように天井を仰いだ。何か言葉が出てくるのかと待っていたが、何も出てこない。代わりにあずさが尋ねた。

「昨日、柚に変わった様子はなかった？」

「なかったと思うけどな。まあ、もともとあいつは変わってるから」

「え、そう？」

「何をもって変わってるって言うのかは知らないけどな。とにかく、あいつはいつも、どこか遠いところにいたよ。理事長の孫、って立場がそうさせていたのか、自らそう望んだのか、よく分からんけどね」

あずさが柚と初めて話したのは、高校一年生の夏の夕暮れ時だった。

あずさは夏休みも日がな寮で過ごしていた。寮生はほとんど実家には帰省していなかった。多くの女子高生にとって、実家より寮の方が過ごしやすいというのが一致する見解だ。あずさももれなく、そのうちの一人だった。

あずさはクビキリギスの鳴き声を合図に、寮を出てコンビニに向かった。夏休みでも、土日でも、あずさは必ず制服で外出する。私服を選ぶ時間が面倒だという単純な理由だった。空は重く湿った空気が垂れこめている。傘を取りに帰ろうかと迷って、迷う時間を惜しんで足を速めた。

しかし、跨線橋の階段の手前で雨が落ちてきた。あずさは立ち止まって空を仰いだ。眼鏡のレンズに大粒の雨が落ちてきて、すぐに何も見えなくなった。

どうにでもなれ、と思った。やけくそというわけでもない。

高校一年生、夏。

静かでどこか優しい諦めを感じるには、うってつけの日だったのだ。雨で徐々に重くなる制服の重みが心地よかった。

ふと自分の身体の横を何かが通り過ぎるのを感じた。おやと思った。眼鏡のレンズをびしょ濡れのスカートで拭ってそちらを見た。同じ制服を着た女子生徒だった。彼女もまた傘を持っていない。しかし、それを気にするそぶりもなく平然と歩いてゆくのだ。

「あの」

　とあずさが呼び止めると、女子生徒は振り返った。制服のリボンの色で同学年だと分かった。揺れた長い髪は美しい艶やかな黒だった。色気どころか、気品すら感じられる。

「えっと、雨、降ってますけど……」

　言っておいて、自分は何を期待しているのだろう、と思った。その後で何かを期待している自分に気づいて、さらに戸惑った。

「降ってるね」

　と彼女は高い声音で答えた。頭のてっぺんから音が出ているような、不思議な響きだった。雨音で聞きとりにくいはずなのに、なぜか彼女の声はあずさの耳に届いた。

「けど夕立だし、すぐに止むんじゃないかな」

　と彼女は続け、空を仰いだ。いつの間にか、黒い雲は灰色になり、ビルの向こうの遠くの空には青色がのぞいていた。

　彼女は泰然として、自然体だった。その気品を保って、どこへ行くのだろう?

「どこへ……」

　とあずさはおどおどしたまま、そう呟いた。なぜか言葉が出てこない。

「何処《どこ》へ、なに?　正宗白鳥《まさむねはくちょう》がどうかしたの?」

　と彼女は面白そうに聞き返した。家の本棚にもあったマイナーな小説だった。その返しにあずさも噴き出してしまった。

　この子とは友達になるだろう、と直感的に思った。無理に共通の話題を探すような形式的なものではなくて、心と心を、言葉と言葉をきちんと重ね合わせられる友達に、この子とならなれる。

期待は現実に変わった。以来、あずさと柚は友達になった。

そして、柚は一人で死んだ。

「京香は、どう思う?」

ぽつり、と思わず言葉が漏れる。何が、と京香は視線をあずさに戻した。

「柚は死ぬとき、どんな思いだったんだろう?」

京香は腕を組んだ。

「柚が犯人を見たのかは分からない。けど、多分見てるんだろう。そいつを見てどう思ったのか、想像もできない。そもそも、あいつが誰かから恨まれるなんて……」

やや躊躇《ためら》って続けた。京香の躊躇う姿を、あずさは初めて目にした。

「……いや、分からんね。誰がどういう人間なのか、わたしには到底見当がつかない。あんな柚でも、実はわたしの知らないところでは知らない顔を見せていただろうし」

言い終えて、強く頭を掻いた。その華奢《きゃしゃ》な指には、どうにも力がこもりすぎているように見えた。

5

玲人は体育教官室を出て、食堂へ向かった。刑事を探し求めたのではない。コーヒーを求めたのだ。

食堂の建物の前には自動販売機が三台並んでいた。玲人は百円玉を放り込み、紙コップにブラックコーヒーが注がれるのを待った。赤い数字が点滅する。コーヒーができるまでのカウントダウン。

何にだって見通しは大事だ、とぼんやりと考える。

だから授業の最初にはねらいを提示するのだし、進路指導を一年生の頃から始めるのだし、コーヒーができる時間も表示される。学校という空間は見通しであふれている。その中にあって、この事件の行き先は一向に見通せる気配がなかった。もっとも、見通せるとも思っていなかった。

左手におつりの十円玉、右手に湯気の立つコーヒーを持ち、玲人は北側にある第二グラウンドの前にあるベンチに腰を下ろした。卒業記念、と銘が入った木製のベンチは風雨にさらされ半分朽ちていた。吹きすさぶ風に肩をすくませ、玲人は出来立てのコーヒーに口をつけた。

北側の第二グラウンドはいつもは静まり返っている。グラウンドという名だが、実のところかなり小さい空き地のような場所だった。土のグラウンドに鉄棒と幅跳び用の砂場、用具室があるだけで、他には何もない。体育では使用することもあるのだろうが、部活が使っているところを目にしたことはない。運動部は芝のグラウンドを使っている。

しかし、今はいつもと様子が違った。グラウンドの一角に警察の集団がいた。地面を見たり、壁の写真を撮ったりしている。北棟の東側、例の物置のある付近だ。

「辻さん、今朝はどうも」

耳元で甲高い声がして、玲人は危うくコーヒーを取り落としそうになった。振り返ると、背の高い若い刑事が立っていた。餌のつまったオウムのように首をしきりに動かしている。

「えっと、どうも」

当たり障りのない返事をしながら、そういえば自分は深野にある人物を探すように頼まれて、彼はまさしくその人物であることを思い出した。大きな目と尖《とが》った唇、三十歳にはまだなっていないように見える。しかし玲人よりは年を重ねているようだった。

彼はそっと玲人の横に腰かけた。まるでどれだけ音を立てずに動くことができるか、見せびらかすように。

「久宝寺先生は」

刑事はさりげない風を装って言った。「久宝寺先生は、一体、どういう人物だったのですか？」

先生、と彼は言った。そこには多大なる尊敬の念が込められていた。学校の教師であるという以上に、小説家として彼を敬愛しているのは間違いなかった。辻にはさん付けであることからそれが知れる。

「いい人でしたよ」

「どういう風に？」

「自分に厳しい人でした。言葉は巧みでしたが、自分を褒め称《たた》えるようなことは決してしなかった。だから、彼は生徒からとても尊敬を集めていましたよ。私がこの学校に通っているころから、よく生徒の相談相手になっていました。亡くなる前もそうだったようです」

「小説の印象のとおりですね」

と彼は満足そうに頷いた。「トリックは繊細、展開は豪胆、文章は実直。頭が沸騰するまで真摯《しんし》に考えないと、ああいった発想はできないはずですよ」

「そうかもしれませんね」

「辻さんは久宝寺先生の本をお読みになったことがあるんですね」

「昔に、多少」

「なら今回の遺稿の違和感にもお気づきになったはずだ」

違和感、という言葉を口にする時、彼は急にかさついた声を出した。治りかけのかさぶたを剝がした時のような痛みがその音にはあった。玲人はコーヒーを一口含んだ。違和感、と問い返した。

「ええ。あの遺稿……『名探偵たちがさよならを告げても』は、あまりにも不自然だ」

「結末がないですからね」

「結末以外に、ですよ」

「そうなんですか」

「まず第一に」

彼は親指を立てた。なぜかヨーロッパ風の数え方だった。背が高く凹凸のある顔つきによく似合っていた。

「登場人物に容疑者がいない。主人公である探偵左近とその助手の伊丹、被害者の三人だった」

玲人は夜の道端で見たスマートフォンの画面を思い出していた。

「探偵か助手が殺人犯だったのかもしれない、と言いたげですね」

何も言わない玲人に、彼はゆっくりと首を振った。それも映画俳優のようにやや大げさだった。彼は今だけでも名探偵になりたいのだな、と玲人は気が付いた。探偵然として語り合える相手として、玲人は選ばれたわけだ。

「辻さん、それは考えにくいと思います。久宝寺肇はことあるごとに『シリーズ物では毎回登場するキャラクタは絶対に犯人にはしない』と述べています」

「考えが変わったのかもしれません」

「もちろん可能性はあります。しかしむしろ可能性が高いのは、犯人である第四の人物を検討していた、ということでしょう。三人目の登場人物の横には、意味深に第四の登場人物を示唆する黒丸があった」

彼はもう論理的な名探偵になりきっていた。

玲人は彼の使用した「可能性が高い」という決め台詞《ぜりふ》に懐かしさを覚えた。物語の名探偵は「こちらの可能性が」とか「この方が自然だ」という決め台詞をよく使用していたのを思い出したのだ。

しかし一体、どれとどれを比べて可能性が高いといえるのだろう、と玲人は思った。定量的な数字がない以上、その可能性や自然さは、探偵の経験則による勘以外の何物でもないはずだった。それを論理的な展開と呼んでも差し支えないものなのだろうか、と首を捻《ひね》りたくなった。

そもそも、久宝寺肇という人物と出会ったことも話したこともないこの若い警官が、何と何とを比較して可能性を論じられるのか。人を知るというのは、探偵にとってはそんなに簡単なことなのか。

第二に、と今度は人差し指を立てた。

「タイトルです。『名探偵たちがさよならを告げても』。ややエモーショナルすぎるのは良いとして、『名探偵たち』と複数形になっている。しかし遺稿に出てくる探偵は左近一人だけだ」

「あくまで仮題でしょうから」

「いや、そうはいってても何度も書き換えられていますから、適当につけたとは言い難いでしょう」

そして最後に、と中指を立てる。

「そしてこれが一番大事なことですが——読者への挑戦の内容は不自然すぎる」

立てた三つの指を折り込んで拳《こぶし》を作った。それを額に押し当てる。

「読者への挑戦は普通犯人当てでしょう？　犯人への言葉を考える？　犯人を詰問する言葉を考える意味がよく分からない」

玲人は黙っていた。回答を求められているわけではない。

「ともあれ、あの久宝寺肇ですからね。きっと今述べた違和感にも答える、超絶技巧のトリックがあるはずなんですよ。僕はあの遺稿は実は作中作の物語かもしれないと疑っているんです。つまり小説の中の小説があのプロットだと。どう思いますか？」

どうなんでしょうね、と玲人はすっかり冷めたコーヒーを流しこんだ。

喫茶店での久宝寺の姿を思い起こすと、超絶技巧のトリック、という言葉はあまりにも不釣り合いに思えた。遺稿の最後には書き終えた日付が『十二月一日』と付してあった。死期を知った久宝寺が最後に書こうとした作品だ。老いて痩せた姿と、超絶技巧という言葉はあまりにもミスマッチだった。

しかしそれをあえて指摘するつもりもない。彼は久宝寺を知らないのだ。もちろん玲人も久宝寺の全てを知らないが、少なくとも彼の衰弱具合は知っていた。あれほど好きだったブラックコーヒーを飲めないほどだったのだから。

刑事は玲人のつれなさに一瞬がっかりした表情を浮かべたが、すぐに気を取り直して眉をひきしめた。探偵から警官の顔に戻っていた。

「さっき言った違和感で、何か思いつくことはありますか？」

「ありません」

即答した後、一拍置いて玲人は尋ねた。「結末が見つかればすべて分かると思うんですが、そちらの状況はどうなのでしょう？」

「結論から申し上げると、まだ見つかっていません。ではまた」

若い警官はそれだけ言うと来た時と同じように唐突に去って行った。結論から言うのであれば、過程も話すのが筋だろうに、と思った。カップに口をつけたが、コーヒーはなくなっていた。

額に冷たい雨が落ちてきた。

とりあえず深野の望みは果たしたのだからそれを報告すればいいだろう。玲人は校舎に向かって歩き出した。

玲人が談話室に入って十五分ほど経ってもまだ、深野は田中京香と話し込んでいた。深野は白いブラウスの腕をまくり上げ、田中はきちんと着込んだブレザーの裾を指でつまんでいた。制服の着こなし一つでも、性格がどことなく伺える。

「どうして深野を助けてあげようと思ったの？」

壁に背をもたせかけた東堂が、くだけた調子で尋ねてきた。それは軋《きし》みを立てる歯車を何とか回したような、ぎくしゃくとした響きだった。玲人は右手をポケットに入れた。煙草の箱がある。ポケットの中で指先で吸い口をつまんで、転がすように撫でた。

「成り行きだよ」

東堂は何かを言おうとして、しかし途中でやめた。肩をすくめて「そっか」と唇だけで言った。

立ち消えた言葉の代わりに東堂が選んだのは、本来は一か月前になされなければならなかった言葉だった。

「久しぶりだね、玲人。元気だった？」

「ああ」と玲人は頷いた。「それなりには」

「久宝寺先生の後任が玲人だって知った時は驚いたよ。どうしてここに勤めようと思ったの？」

「それも成り行きだよ。去年の十一月に久宝寺先生と話す機会があって、そこで頼まれた」

東堂の口の端がわずかに落ち窪んだ。そのえくぼは高校生のころからあった、と玲人は思った。しかし多分、無くしたものもある。自分も彼女も。

「どうして玲人だったんだろう？」

「さあ。よく分からない」

「まあ、玲人は久宝寺先生と仲良く話してたもんね」

「どうだったかな」

「大学では何をしてたの？」

東堂は何気ない風を装って、矢継ぎ早に玲人に質問を投げかけた。まるで暗闇を恐れる幼子のようだった。

「恥ずかしいけれど、特に答えられることはないよ。ある程度講義に通って、生活に困らないだけのアルバイトをした。そんなところだから」

「それを恥ずかしいと思えるのが、玲人らしいね」

「どうかな」

「趣味は続けてたの？　ほら、読書とかさ」

「いや、あまり読まなかったかな」

「どうして？」

どうしてだろう、と玲人は考えてみる。沙奈枝の死までは、それなりの読書家だった。年間何冊読んだ、とSNSで報告して感想を共有していた。その年のベストをジャンル別に分けて真剣に検討したこともある。久宝寺が自分を可愛がってくれたのも、そういう姿勢を買ってくれていたのだろうと思う。

玲人は特に小説を好んで読んだ。久宝寺の小説もその読書歴の一つの轍《わだち》だ。小説を読み終えると、自分はこれまでとまったく違うところに立っているように思えたものだ。小説には数えきれない考え方が提示されており、それを追体験することで、違う角度から世界を眺め、思考することができるように思えていた。

しかし、大学でひたすら死を携えていたあのぽっかり空いた時間、小説を読もうとは全く思わなかった。この世界には恋人の死が出てくる物語など、星の数ほどあるだろう。そんな小説を二、三冊手に取り、足がかりを見つけることだってできたのかもしれない。小説に登場する他者の人生をなぞり、そのセリフに救われることだってあり得たのかもしれない。

しかし、自分はそうはしなかった。

どうしてだろう。

「まあ、いずれにしても深野の助手はお願いね。ほら、わたしは頭がよくないから、なんでも経験してみないと分かんないのよ。深野の力にはなれない気がする」

「辻先生」

呼ばれて、玲人は目だけで深野に応じた。直情的な生徒は、玲人の目の前に屹立《きつりつ》していた。眼鏡の奥の意思のある大きな瞳が黒々と光った。

「次は現場検証をしたいんですけど、いけますかね？」

まっすぐ見つめられて、玲人は無意識のうちに頷いていた。

「とりあえず、行ってみたらいいんじゃないか」

東堂が玲人に視線を向けるのを感じた。ああなるほど、と玲人は気が付いた。東堂がわざわざ自分に問うたのはそういうことか。なぜ自分が深野を助けるのか。

確かに、深野あずさの雰囲気はあの子に似ている。

三人で図書室を出て、渡り廊下を通り、北棟に入る。北棟西側の階段で二階に降りて、突き当りの物置を目指す。事件当日、玲人が物置に向かったのと同じ道順だった。そして当然、物置の前には規制線が張られていた。何人もの警察関係者が慌ただしく行きかっている。

「どうかされましたか」

九曜の声には親しみと威圧が同居している。

さてどうしたものか、と思案する前に、東堂が玲人の前に出た。

「実は生徒がその、弔いをしたいというもので、あの、少し入らせていただくというのは……」

九曜は深野の顔に目を据えた。深野は慌てて殊勝な態度を取り繕ったが、その手にあるメモ帳を九曜が見逃さないはずはなかった。この高校の制服のスカートには昔からポケットがない。ブラウスにも小さな飾りのような胸ポケットしかないのだ。

「ならば、ここで祈ってあげてください」

「でも、中に入った方が、その……」

「深野さん。気持ちは分かる。友人として、何かしたいという思いなんでしょうな。優しい生徒さんだ。しかし、これは警察の仕事なんですよ」

「それはもちろん、そうなんですけど……なんというか、とにかく入りたいんです」

九曜があきれたように髪の毛をくしゃくしゃとかき回した。「……一体全体、どうしてそんなことがしたいと思うんだ？」

「いいじゃないですか」

張りのある声が背中から届いた。

三条理事長だった。でっぷりと肥えた体を特注の車いすに預けている。額には汗をかいていた。車いすを押しているのは柏原だ。

「いいじゃないですかって……」

九曜が唸《うな》るように反論する。不審者を見つけた番犬のようだ。

「こちらの立場も考えてくれませんか、理事長。我々は十分譲歩しています。本来はこの北棟すべて立ち入り禁止にしたい。図書室もそう。しかし、『教育の機会を奪うことはできない』という理由で制限された仕事をしている。その上で探偵ごっこにも付き合えと？」

三条理事長はゆったりと頷いた。穏やかな表情を作っているが、目の下にはカラメルのようなくまがあった。それが一層、今日の彼の態度に重みを与えていた。

「第一発見者は東堂先生、そして深野さん、辻先生なんでしょう？　彼らが現場に入って何か気づくこともあるかもしれない。違いますか？」

「それは事情聴取で把握しているんですよ」

「しかし現場で肌身で感じることもある。そういうものでしょう」

「そうかもしれない。しかし──」

「五分間」

「はい？」

「丁寧に般若心経《はんにゃしんぎょう》を唱えると、おおよそ五分間くらいでしょう。五分間だけ現場で祈りをささげることを、ぜひお許し下さい」

三条理事長は深々と頭を下げた。九曜は三条の頭頂部を見て、深野を見て、天井を仰いだ。

そしてもう一度深野を見た。

「五分間だけ」

九曜の言葉に三条理事長はまた深々と頭を下げた。

旧家に生を受け戦争で全てを失い、しかし建築家として数々の栄誉を受け、思想家としても舌鋒《ぜっぽう》をふるって『怪物』と称された彼は、晩年を教育に尽くすことを決意した。私財をなげうって私立学園を買いとり、ありとあらゆる設備を整えた。

怪物三条理事長は、今や生徒のしもべともいえる存在だった。生徒のため、と言えば全てを認める。私財を投入することも惜しまない。怪物の怪物性は、ここ十数年ほど教育への尋常ならざる愛情という形で露見していた。

そんな彼の頼みごとをはねつけず受け入れた九曜の判断は、適切としか言えなかった。もし断っても、警察が生徒の頼みを受け入れるまで、何十時間でも粘り強く交渉し続けたことだろう。優秀な刑事の鼻がそれを嗅《か》ぎつけたのだし、そう嗅ぎつけられるように理事長は匂わせたのだ。

物置の中には蛍光灯が白く光っていた。中には、鑑識らしい警察関係者が二人いた。マスクの上の目が三人に説明を求めるように睨《にら》んだ。

「第一発見者による現場検証だ。俺が少し気になることがあって、見ていただくことにした。五分で終わる。作業を続けろ」

九曜が尊大な調子で言うと、二人は黙って作業に戻った。

周囲に聞こえるわざとらしい口調で九曜は尋ねた。

「で、どうですか。何か昨日ここで変わったことを見たことを思い出したとか、そういうことはないですかね？　物置の窓が実は開いていたとか、テープに何か細工のようなものを見つけたとか」

東堂は調子を合わせている。

「ええ、少しだけ考えさせてください。ええっと確か物置の窓の鍵は閉まってた……よね？　玲人？」

「物置の窓、第二グラウンドに面した廊下の窓も閉まっていたと思いますよ」

六畳ほどの室内を見回した。物置とはいえ、もとは小さな部屋だったのだ。壁には白い壁紙が貼られている。入って左手に長テーブルとキャスターのついた椅子、右手には背丈ほどの段ボールが積まれていた。空いたスペースに折りたたまれたパイプ椅子が立てかけられていた。奥には窓がある。昨日と同様、引き窓は閉まっていた。一般的なアルミサッシのクレセント錠だった。この物置を覗いたのは昨日が初めてだから、仮に物が増えても減っても気が付かない。

「この物置のドアには普段から鍵をかけていない。そうですな？」

「ええ」

「警察が到着したときには、第二グラウンドに面した廊下の窓は一階から三階まで鍵がかけられていました。中庭に面した一階の物置、三階のＰＣルーム中の窓も同様です。唯一、この現場の窓だけが開いていた。本当にこの物置の窓はもともと閉まっていたんですね？」

玲人がはいと答え、東堂も応戦した。「閉まっていました。玲人が開けるところ、私も見ましたから」

「現場にずっといたのは東堂先生だけですね。エレベーターは誰か使われましたか？」

「エレベーターですか？　それ、事情聴取でも答えたと思うんですけど」

「思い出してください」

記憶を辿《たど》る風に俯いた。

「……やっぱり誰も使ってないです。あのエレベーターは結構な音でドアが開閉するんです。もう古いですからね。でもそんな音は聞いた記憶がありません。それに職員室に行くにしてもどこに行くにしても、階段の方が早いですよ」

刑事は無言だった。しかし右手がズボンの上から腿《もも》をぴしゃりと叩いたのを玲人は見逃さなかった。

刑事は腕時計を見て、早口で説明した。問われて時間を取る前に話しておこうと決めたようだった。

「入り口の開き戸はうち開きです。その下には、一センチから二センチほどの隙間がありましてな。犯人はそれを含め、四辺を布テープで締め切っています。そしてこの部屋には換気扇がない。練炭は下付けタイプのものが四つ。通常、六畳の二十四時間換気の部屋で四つの練炭を使用した場合、三時間程度で重篤な症状が現れると言われています」

ま、もちろん燃焼具合にもよるので何とも言えませんがね、と刑事は留意事項を申し送った。

「今回の場合、換気のない部屋で四つですから、もう少し時間は違うかもしれない。テープの目張りは、正直に言ってあまり意味がなかったでしょうな。隙間風もないこの部屋では、目張りのテープがなくとも十分気密性がありますから。

まあ鑑識の結果待ちですが、五時十五分にあの状態で発見されるには、二時から二時半ごろには練炭に火をつけておかないといけなかったんだと思いますね」

「ちょ、ちょっと待ってください」

東堂が右手を額に押し当てて制した。「今整理しますから……。被害者がＰＣルームに行ったのは二時でそこで海外の子とオンラインで通話した。終わったのが、ええっと……」

「二時半です」

補足したのは深野だった。食い入るように室内を見入っていたが、蒼白《そうはく》の顔面のまま、まるで熱に浮かされたように早口で状況を整理した。

「二時から二時半は柚は三階のＰＣルームで打ち合わせをしていた。その間、犯人はこの二階の部屋に来て火をつけていた。そういうことですね？」

九曜は黙って頷いた。眉が額により、口はへの字に歪んでいた。不機嫌をできうる限り表情に滲ませているようだった。

「練炭は何で着火されたんでしょう？」

「よくあるライターだよ。室内に転がっていた。着火剤があれば、ライターで十分だ」

「柚は……何か薬を飲まされていたんでしょうか。その、昨日柚の隣にペットボトルがあったのが見えたので」

「睡眠薬を服用していた。これも鑑識待ちだが、錠剤の入れ物からおそらく間違いない」

深野はぎゅっと目をつむった。少しでも苦しまなかったなら、と思っているのかもしれない。

東堂も目を閉じて頭を垂れた。

九曜はまた腕時計を見やった。

「テープは一般的な布テープです。今指紋を確認していますが、今のところ二つの指紋しか検出されていません。つまり、東堂先生と辻先生です」

「それはそうでしょう。わたし達は開けるときに触りましたから」

「だとすると貼った人は誰なのでしょうな」

「それは……」

東堂は動揺のために目を大きくした。生真面目ゆえに会話の先を読むことを知らない性格は、昔と変わっていない。

「手袋をしてたんでしょうね、きっと」

玲人が言うと、刑事も頷いた。

「その線が濃厚ですね。……もしあなたと東堂先生が犯人でないのならば」

もし、という言葉が鋭く尖って二人を刺した。深野が思い出したように言った。

「そのテープと手袋ってもしかして、この物置の隣の備品棚にあるものじゃないですか？」

言うが早いか、深野は足早に物置の外に出た。右に折れると古いスチールラックがある。いろいろなものが詰め込まれていた。文房具、コート、理科の実験器具にプログラミング教材。深野はじっくりと視線をめぐらすと、一番手前にあるドローンに触れようと手を伸ばした。

「触るな！」

玲人が言う前に、後ろから怒号が飛んだ。九曜は鬼のような剣幕で深野に歩み寄った。しかし彼女は悪びれなかった。右手をひらりと振った。そこにはハンカチが握られている。

「別に指紋をつける気はありませんよ」

不遜《ふそん》ともいえるその態度に、九曜は怒りを通り越したようだった。怒気で膨らんだ体からふうっと長く息を吐きだした。三秒ほど沈黙して、彼は小さな目で深野の眼鏡に向き合った。

「ハンカチなら指紋が付かない、じゃないんだ。現場を保存しなければならない。ドラマの見過ぎだ」

深野に代わって平身低頭する東堂を無視して、九曜は尋ねた。

「ところで、このドローンはなんでこんなところにあるんだ?」

「プログラミングの授業で使うやつですけど、一個余ったんです」

じろり、と九曜は深野を睨《にら》みつける。少しでも彼女を睨みつける口実が欲しいのだろう。粗を探すように捲《まく》し立てた。「やけに詳しいな。どうして知ってるんだ?」

「だって私がここに運びましたもん」

「いつ?」

「確か、十一月の最後の日でした」

「ここにドローンを運んだことを誰かに話したか?」

「誰にも言ってませんよ、そんなこと」

ふん、と九曜は鼻を鳴らしてスーツの袖を捲《めく》った。五分だ、とタイムリミットを告げる。今の意味のなさそうな問答は、時間稼ぎが目的だったようだ。九曜の手が玲人の背中を押す。

おかしな状況だ、と玲人は思った。

防犯カメラに犯人が映っていないと聞いた時は驚いたが、他に侵入の方法はあるだろう、と何となく思っていた。しかしこれは……。

目を細めたとき、目の端に視線を感じて玲人は顔をそちらに向けた。廊下の真ん中あたり、車いすの後ろでこちらを振り返っているのは柏原だった。

彼は見えない何かを探すように、眩《まぶ》しげに目を細めてこちらをじっと見ていた。

6

防犯カメラの映像を見せてほしい、とせがんですんなり聞き入れられたのは、あずさにとっては意外だった。まだ近くに理事長がいたからかもしれない。しかしそれ以上に、この中年刑事はとにかく自分を現場に近づけたくないらしかった。ハンカチを持って手を伸ばしただけなのに、とてつもない剣幕だった。そこまで怒ることはないのに、と思う。

あずさ達を規制線から追い出すとき、彼はぽつりと呟いた。

「一体全体、君はなんでこんなことをしているんだ？」

「なんでって……」

ぐらん、と脳みそが揺れた。私は探偵になりたくて、そしてこれは殺人事件で、それで、それから……。説明するには、内容はあまりにも稚拙だった。答えあぐねて、目の前にある中年の顔をじっと見つめる。四角い顔に、ふうむという口癖。どこかで見覚えがあるような気がしたが、思い出せなかった。

防犯カメラの映像は事務室で確認できた。データは十日間が一時間ごとに保存されていた。

まずは三階の映像を再生する。天井から廊下まではっきりと見える。おおよそ東堂の描いたとおりだった。昨日の昼の一時から二時までのデータを早回しで再生する。

三階に人影が現れたのは一時五十七分だった。女子生徒が二人、柚と京香に間違いなかった。柚は小脇にタブレットを抱えていた。ＰＣルームの方向へ二人は消え、十秒ほどして京香だけが戻ってきた。京香の証言通りだ。それから早回しで全てのデータを眺めたが、五時まで誰も映り込んでいなかった。五時から六時のデータには人影があった。五時三十九分に二人が階段から現れた。ＰＣルームに向かったようだ。コートを羽織った東堂、それからシャツの腕をまくった柏原だ。

「北棟に不審者がいないことを確認しよう、って話になったの」

と、東堂が短く解説した。教師たちは五分ほど経ってからまた階段を降りて行った。

六時までの映像が終わり、あずさは眼鏡を持ち上げた。指先がわずかに震えている。

「……次は二階を見ましょうか」

二階のデータも同様に、五時までは誰も何も映りこんでいなかった。初めて映り込んだのは五時十五分に東堂が歩んできたシーンだった。自然と東堂に視線が向いた。彼女は唇を固く引き結んで、食い入るようにモニターを見つめていた。

画面上の東堂は薄手のジャージ姿で北棟の西側から現れた。画面から消えて一分弱、慌てて図書室に駆けていく東堂の姿が映った。それからさらに数分後、今度はあずさが現れ、続いて東堂、辻が現れた。やがて辻が救急車を呼ぶために去り、その後柏原を先頭に、続々と人々が押し寄せた。こんなに来ていたのか、とあずさは驚いた。この時間帯、茫然自失《ぼうぜんじしつ》になっていてあずさは地面にへたり込んでいたから、ほとんど記憶がない。

続いて一階の防犯カメラも見たが、午後一時から六時までの間、誰一人として映っていなかった。

現場の物置に行くためには、必ずどこかの防犯カメラの前を通らなければならない。しかし、怪しい人物が誰一人として映っていない。警察の言うとおりだった。

「……まだ見る？」

いつの間にか天井を仰いでいたあずさに、東堂がそっと声をかけた。あずさは黙って首を振った。

もちろん午前の映像や前日までの映像を見れば、北棟の物置に近づいた人間を見ることはできるだろう。それを見れば怪しい人物が物置に潜んでいた、ということも確かめられるのかもしれない。しかしそんなことは警察が真っ先に疑っているはずだった。それでも怪しい人物がいないから、見立て殺人の元である久宝寺の遺稿を重視し始めたのだ。

事務室を出る時、辻が壁にかかった時計をこれ見よがしに見上げた。それに気づいた東堂が尋ねてくる。

「深野はもうご飯食べた？」

「いえ」

「食べたいものはある？」

「……今はいいです」

「そっか。ならせめて、あったかいものでも飲もうよ。体育教官室にとっておきの紅茶があるんだ」

　体育教官室には誰もいなかった。三人は黙って和室に向かい、腰を下ろした。東堂は和室の隅にある小さなワゴンからフォートナム＆メイソンのピンク色の箱を取り上げて、ポットに茶葉を入れ湯を注いだ。湯気とともに、ベリーの華やかな香りがふんわりと和室に広がった。壁にかかった丸い時計は二時半を指していた。

「いい香りですね」

　東堂は嬉《うれ》しそうにえくぼを作った。

「でしょ。久宝寺先生の差し入れなんだ。よくここの給湯室を使ってたから、そのお礼にって」

「どうして久宝寺先生がここの給湯室を使ってたんです？」

「ほら、久宝寺先生って司書室でカウンセラーみたいに生徒の相談を受け付けてたでしょ？　その時の飲み物のために。『職員室のポットを使ったら、馬鹿な大人の悪い気が入っちまう』って言ってね」

「久宝寺先生らしいですね」

「亡くなる少し前も、自分の分と生徒の分、二個のカップにコーヒーを入れて図書室に行ってた。十一月くらいだったかなあ。豪快に落として一つ割ってたけど」

　彼女は遠い目になった。

「久宝寺先生、わたしたちの頃から司書室で生徒の相談を聞くってのをやってたなあ」

　東堂は二つのカップを取り出し、紅茶を注いだ。辻は既に自分でインスタントコーヒーを入れていた。元友達か、と心の中で呟くことしかできない。

しばらく東堂は黙って紅茶を愉《たの》しんだ。あずさはその間、手帳を開いてペンを手に取っていた。

ややあって、東堂は尋ねた。

「で、深野探偵。何か分かったかな？」

「確かに難しいですね」

あずさは手帳に書き込みながら答えた。難しい。予想よりもずっと。お茶を濁すことができないほどに。

「少し状況をまとめたんで、見てもらえますか？」

東堂の校内図の横に書き加えた情報を、あずさは披露した。

○被害者

三条柚。

○死因

練炭による一酸化炭素中毒。二時から二時半ごろに着火か。睡眠薬も服用させている。

○容疑者

遺稿を読んでいる人物。遺稿を読んだのは、辻先生、東堂先生、柏原先生、田中京香、伊達遥、深野あずさ、編集者。

○当日の被害者の行動
午後一時五十八分…京香とＰＣルームの前で別れる。
午後二時〜午後二時半…オンライン通話で打ち合わせ。
午後五時十五分…東堂先生が被害者を発見。

○防犯カメラの状況
【三階】
・午後一時五十八分……被害者と京香がＰＣルームに移動。京香はすぐに帰る。
・午後五時三十九分……東堂先生と柏原先生がＰＣルームへ。
以降、変化なし。

【二階】
・午後五時十五分…東堂先生が物置で柚を発見。一分後、図書室に向かう。
・午後五時十八分…深野、東堂先生、辻先生の順番で物置前に走ってくる。
・午後五時十九分…辻先生が救急車を呼びに職員室へ向かう。
・午後五時二十一分…柏原先生が職員室からやってくる。
以降、続々と人が来る。

【一階】

誰も映っていない。


「字が綺麗《きれい》だね」

と改めて東堂が褒める。しかし、今はそこはあまり関係がないから響かない。

「警察の方が考えているように、おかしな状況です。練炭への着火は二時から二時半頃、そして柚は二時半まではオンライン通話をしていて、それ以降に何かがあったことになります。つまり犯人の行動はこうです。二時から二時半の間に物置に入って着火して、二時半以降に柚に睡眠薬を飲ませた。そして二階の物置に放置して、ドアにガムテープを貼った。けど、その時間は誰も北棟の東側には近づいていない。……何かトリックがあるんでしょうか？」

「トリック？」

「何らかの方法で着火し、柚を三階から二階に移動させ、ドアを外からテープで目張りする、しかも防犯カメラには映らない、そういうトリックが」

言いながら、超絶技巧だなと思った。まさに、久宝寺肇の著作のように。機械式で着火させる？　あるいは建物そのものに目くらましがある？　柚は実は三階と見せかけて二階にいたとか？

重苦しい沈黙と艶やかな香りが対照的だった。

「……もしかして、わたし疑われてるのかな」

東堂が重い口を開いた。「ほら、さっき刑事さんがテープに指紋が二人分しか付いていないって言ってたから。第一発見者って、やっぱり疑われるんじゃないかな」

「や、それはないでしょ」

慌ててあずさは首を振る。「第一発見者って言ったって、防犯カメラに東堂先生が映ってから図書室に走っていくまでって、一分もかかってなかったですし。あの時間でトリックをどうこうはできないですよ。テープの目張りだって難しい」

東堂は力なく笑った。光のない瞳が淡い橙色《だいだいいろ》の液体の上に注がれている。

口を開いたのは辻だった。

「事態はそう難しいものではないかもしれない。少なくとも、警察はそう考えてる」

「どういうことですか？」

辻は細い親指で一度唇を拭った。

「警察は多分、犯人は廊下側の窓から入ったと考えてると思う」

廊下側の窓、と言われてあずさは北棟の図に視線を落とした。確かに窓があるけど……。

「あそこは鍵がかかっていたはずでしょ」

あずさの思いを東堂が代弁した。

辻の深い青のネクタイが歪んだ。それでようやく肩をすくめたのだと分かるほどわずかな動きだった。

「例えばもしかしたら廊下側の窓、一階の窓はもともと開いていたのかもしれないですよ。犯人は窓から侵入し、物置の練炭に着火し、何らかの方法で被害者を眠らせ、物置に放置して、窓から外に出る」

「でも、それならいつ鍵を閉めるの？　警察が来た時、鍵はかかっていたはずでしょ」

「あ、なるほど」

あずさはようやく先ほどの警察の質問の意図が分かった。「エレベーター、ですか」

「どういうこと？」

「警察は被害者が発見されて警察が来るまでの間に、犯人が一階の窓の鍵を閉めたと思ってるんですね？　そしてそれには絶対にエレベーターを使用しないといけない。一階の防犯カメラに誰も映っていない以上、犯人は二階か三階からエレベーターで一階に移動し、窓の鍵を閉めたことになる」

「ああ。けれど、エレベーターはおそらく使われていない」

辻は東堂を流し見た。先ほど、東堂が確かにそう言及したからだろう。視線はすぐにあずさに戻った。

「だから警察は、二階か三階の窓から入ったことを想定しているんだろう。それなら、閉めるのは簡単だ。二階なら現場に駆けつけて隙を見て閉めればいい。三階も五時三十九分にＰＣルームに不審者を確認しに行った際に、閉めればいい」

「犯人は、廊下の窓、つまり第二グラウンド側の二階か三階の窓から侵入したってことでしょうか？」

「警察はそう考えてると思う、というだけだ。物置の中の窓は中庭に面していて人目につく。それにさっき第二グラウンドで警察が現場検証をしてたから」

東堂がおもむろに立ち上がった。靴をつっかけて自分のデスクに走った。小走りで帰ってきたその手には一枚のプリントが握られていた。時間割表だ。

息は乱れていないが、やや早口だった。

「あの時間、第二グラウンドにいた人がいる」

「誰ですか？」

「柏原先生。一人で翌日の授業準備をしてたはず」

「……仮に柏原先生だとして」

あずさは「仮に」という言葉を強く言った。「どうやって二階の窓から入ったんでしょう？ あそこには木も塀もないし、素手では無理だと思うんですけど」

「うーん、確かに」

東堂はまとめた髪を撫でた。「第二グラウンドにある用具室にも、背の高い物はおいてないからなあ。あそこにあるのは古いサッカーボールと、壊れたハードル、破れてテープで修繕された高跳びマット、動かないピッチングマシーンもあったかな」

要するにゴミ箱と化しているようだった。あずさも入ったことはない。だからこそ、生徒の密会の場として有名なのだろう。多少小汚くても、人気のないところを好む高校生は多い。それを青春だと考えている層もいる。伊達遥、別名「用具室のヌシ」のように。

それからあずさと東堂はいくつか意見を出し合ったが、推理は袋小路に突き当たった。脚立を持ってくる、という案をあずさが提案し、東堂が却下した。脚立は事務室にあるから、持ち出したら絶対に誰かに見られる、ということだった。他の備品も同様、誰にも見られずに使用することは不可能だった。

「つまり、柏原先生は第二グラウンドにある何かを使って、窓から入ったことになるね」

東堂はもう犯人を柏原と決めてかかっているような言いぶりだった。元友人、という辻の言葉が胸に浮かんだ。東堂と柏原も、きっとただの友人ではなくなってしまったのだろう。身近な同級生の死というものが与える影響の大きさを、あずさは思い知る。そしてそれが今まさに自分の身に降りかかっている現実を再認識しないではいられなかった。

「そもそも」

辻は突っ走る東堂をなだめるように話の進路を変えた。

「犯人はなぜ、久宝寺先生の遺稿に見立てたんでしょうね」

もっともな疑問だった。この殺人事件を成立させるには、まだまだ乗り越えないといけないハードルがいくつもあった。しかし、一つ一つ超えていくしかない。やるしかないのだ、とあずさは自分を奮い立たせた。

室内に紅茶の香りは薄れ、日に焼けたイグサの香りが戻りつつあった。

柏原先生に話を聞こう、となるのは自然の成り行きだった。あずさは彼を探すために校内を歩き回っていた。暖房のせいで首筋から汗がにじむ。中庭の芝生にはしとしとと雨が降り落ち、冷ややかな光を放っていた。

「あずさ、何してんだお前」

階段の踊り場で出くわしたのは伊達だった。制服姿で大きなリュックを背負っている。まだ帰っていなかったようだ。彼は大股でつかつかとあずさに歩み寄った。不機嫌そうに唇を尖らせている。嫌な予感がした。

「あ、ええっと、伊達は何してんの？」

「俺は図書室で勉強。許可も取ってるよ。お前の家とは事情が違うけど、俺もできれば家には帰りたくないわけ。で、お前こそ、何してんだ？」

「私は……まあ、探偵だよ」

またしても考える前に言葉が出てしまう。言葉はいつも勝手にあふれて、跳ねまわって、しっちゃかめっちゃかにしてしまう。

あずさの想像通り、伊達は薄くアイブロウを施している眉を深く顔の中心に寄せた。

「……探偵？　なに、それ」

「まあ、昨日のことで。警察と色々話したりとか」

瞳に明らかに攻撃的な色が混じった。

「……お前か」

後ずさったが、背中には壁しかない。

「俺が今日警察に事情聴取されたの知ってるか？」

「う、ううん」

「柚と昨日口論してたかららしい。お前だろ、警察に言ったの」

「いや私は――」

「一時間も拘束されたんだぞ。明後日が共通テストだってのに。容疑者だってよ。分かるか？

お前と違ってこっちは人生かかってんだよ。人生だよ、じんせい。責任取れんのか？」

整った顔を無表情に突き出しながら、唇だけがやけに滑らかに動く。

彼の両手はポケットに入っている。それが何より恐ろしい。冷たい汗がこめかみを伝った。

彼はポケットから何かを取り出すのか、あるいは固めた拳が出てくるのか――。

「深野」

静かな声がした。辻だった。

彼はいつもの歩調で階段を昇ってくると、動じない暗い瞳で二人を見た。わずかに首を傾げて伊達を見たようだった。再度あずさに話しかける。

「柏原先生の居場所が分かった。行くか」

言いおいて、辻はすたすたと階段を降りていった。

伊達は明らかに萎《な》えていた。彼が意味もなく壁を小突くと同時に、あずさは辻の後を慌てて追いかけた。

「あ、あの、先生」

階段を降り切ったところで追いついて、あずさは言った。「えっと、柏原先生はどこに？」

「さあ。さっきは理事長と一緒だったし、多分理事長室なんじゃないか」

その物言いで、彼がさりげなく間に入ってくれたことが分かった。とりあえずあの場所からあずさを引き離してくれたのだ。

「……ありがとうございました」

辻は両手をポケットに入れたまま何も言わない。彼が両手をポケットに入れていても、特に気にはならなかった。出てくるのは、どうせ煙草だ。

「……」

……東堂が彼のことを好きな理由が分かる。

彼もまた、東堂と同じで生真面目なのだ。

理事長室に着くころには、早鐘を打った心臓も落ち着いていた。ノックして中に入ると、車いすに座った理事長と、その前のソファに腰かける柏原がいた。そして隣には九曜と若い刑事が立っていた。九曜は分かりやすく大きな溜息《ためいき》をついて天井を仰いだ。

「あのう、柏原先生にお聞きしたいことがあるんですけど……」

「まあ、入りなさい」

理事長の広く太い声があずさを招いた。

理事長室に入るのは初めてだった。意外なほどこじんまりとしていた。それでも部屋が広く見えるのは調度品が少なく、色は統一され、かつ車いすが通るのに十分な広さを確保しているためだろうとあずさは思った。毛足の短いアイボリーの絨毯《じゅうたん》も、きっと車いすが動きやすいように設計されたのだろう。ハンガーラックに下がる理事長の黒いコートがあまりにも大きく、それだけが不均一に存在感を放っていた。

あずさは柏原から机をはさんで斜め前のソファに腰を下ろした。上座も下座もよく分からないが、とりあえずドアに一番近いところが下座だ、と昔父親に言われたのを思い出したのだ。

理事長の方は見なかった。

「理事長。またこの子を介在させないでしょうな」

九曜が奥歯の間から漏れ出るような声で言った。威嚇と恫喝《どうかつ》。

「まあ、同席くらいはいいでしょう。被害者がオンラインで通話していた映像でしたかな？　彼女もいっしょに見てみましょう。同じ図書委員だったんですから。辻先生も、どうぞ」

あまりにも自然な口調に九曜は黙り込むしかないようだった。若い刑事が手に持ったノートパソコンを理事長の方に開いて見せた。あずさと辻は理事長の後ろに回った。

小さな画面には柚がこちらを向いて座っていた。背景はこの高校の校章が入ったバーチャル背景だった。画質は粗かったが、その笑みは柚のものだった。彼女の流ちょうな英語から、会話はスタートした。

お互い英語が母国語でないため、それなりに聞き取ることはできた。文化交流の内容の提案と、今後のスケジュール、それから時折挟み込まれる雑談。

きちんと会話になっているのがすごい、と聞きながら改めて思う。自分が海外の生徒と話すときは、どうしても取扱説明書のＦＡＱのようなぎこちないやりとりになってしまっていた。

数分して、ノートパソコンから音が消えた。柚の声も聞こえなくなった。しかし十数秒ほどで再開した。「音声トラブルだった。申し訳ない」と柚が謝った。その後も柚は軽やかに会話を続けた。ペンを回して、時折それを落として拾った。英語で会話を続けているとは思えないほど、終始リラックスしている風だった。

「会話に違和感はありますか？」

オンライン通話の映像が終わってから、九曜は尋ねる。時間が束の間の沈黙の隙間を流れた。三度深呼吸をするだけの間を開けて、理事長は首を横に振った。あずさもそれに倣った。沈痛な空気が流れかけたのを、九曜は「ご協力ありがとうございました」と事務的な言葉で断ち切って部屋を出た。

「ところで」

と辻が静かに話を始めた。

「深野が柏原先生に何か尋ねたいことがあるようなんです」

皆がはっと我に返った。あずさもそうだ。なぜ理事長室に来たのか忘れかけていた。

「何だろう？　おれに聞きたいことと言うのは？」

柏原先生がはきはきと尋ねてくる。あずさは先ほどの検討を話した。防犯カメラに犯人が映っていなかったこと。ならば第二グラウンド側の窓から侵入したと考えるのが自然だと思ったこと。そしてその時間、第二グラウンドにいたのは柏原先生だったと聞いたこと。

「まるで探偵だな」

というのが、柏原先生の第一声だった。いつものように張りはあったが、疲労感も混じっている。

「警察にも言った。おれは確かに第二グラウンドで授業の準備をしていた。だが、何も怪しい人は見ていない」

もちろん、と続ける言葉に、今度は威圧感が混じった。「おれも、何もしていない」

「ええ、それは、はい。……第二グラウンドで、他の誰かを見ませんでしたか？」

「授業準備でラインを引いてたから、ずっと辺りに気を配っていたわけじゃない。なんとも言えない。ああ、でも伊達を見たな」

「伊達ですか？　何してたんでしょう？」

「さあな。おれもちらっと見ただけだ。用具室のあたりをうろうろしてたけどな」

柏原は左手の薬指を撫でていた。理事長はその動きを見逃さなかった。

「柏原先生、昨日も退勤は遅かったでしょう。今日は早く帰ってください。ご家族もお待ちでしょうから」

柏原は壁にかかった時計を見上げた。あずさも腕時計を見た。カシオの黒いデジタル時計は三時を指そうとしていた。急に空腹を感じた。思えば、昨日の夜のアイスとおでん以降、何も口にしていない。

柏原が立ち上がって一礼をして辞する時、あずさと辻も立ち上がるのは自然な流れだった。しかし、理事長が彼女を呼び止めた。

「深野さん。少しだけ、お話しさせていただけませんか」

「へ？　私ですか？」

思わず辻を見た。あずさの瞳に何を見たのか、辻もあずさといっしょに黙って座り直した。

何と言えば良いのだろう？

あずさは居心地の悪さを感じながら頭を巡らせた。孫を失った祖父の悲しみはいかほどのものなんだろうか。そんな彼に対する言葉として、適切な言葉って、私はいったい何を言えばいいんだろう？

ご愁傷様でした、とあまりにも場違いで軽い言葉を発する前に、理事長が口を開いた。

「深野さんはどうして探偵のようなことをしているのですか？」

彼は意図的にゆっくりと声を発したようだった。あくまで世間話というところだろう。

「私は、まあ、探偵になりたいなと思って」

回答になっていなくてバカみたいだが、それが真実である。

「久宝寺先生の影響ですか？　確かに彼の描く探偵はとても美しく、利発だ」

「ええ、まあ。ミステリー小説を初めて読んだのは中学生のころで、ミステリー小説に特に詳しいわけではないんですけど」

「どんなものを読んだんですか？」

「一番読んだのは『ロング・グッドバイ』です。あとは江戸川乱歩とか横溝正史とか。それから久宝寺先生なら『探偵左近』ものを」

「チャンドラーですか。私も読んだことがあります。私のロス・アンジェルス像はあれで作られました。いろいろな名言がありましたね。ええっと、『To say good-bye is to die a little』とか」

「『さよならを言うのは、少しだけ死ぬことだ』ですね。私も好きです、その言葉」

好きなんです、とあずさは繰り返した。

「さよならを言うことが少し死ぬことなら、さよならを言わなかったら少しも死ぬことにはならない、そんな気がしませんか？　論理的ではないのは分かっていますけど、こう、少なくとも魂は死んでいないような」

理事長の口元がわずかに広がった。

話はそこで切れた。もちろん、そこで切れるようになっていたのだ。あずさもそれ以上ミステリー談義をできるほどの知識は持ち合わせていなかったし、そうしたいとも思わなかった。

お互いが言葉を探す、わずかばかりの沈黙の幕が下りた。

「辻先生、少し席を外していただいてもいいですか？」

辻は一度あずさに目を向けて、無言で立ちあがった。ドアの閉まる音を待って、理事長は沈黙を破った。

「深野さん、柚と仲良くしてくれて本当にありがとうございました」

その言葉が多分本題だった。本題に足りうる、厳粛な響きを持っている。

あずさはようやく理事長の顔を直視した。でっぷりと太った体はいつもなら力がある。頬も首も指の一本一本もが、ソーセージのように艶があり生命力がほとばしっている。今はその全てがしぼみ切っていた。顔を上げるのもやっとのようだ。

本題を言い終えて彼は、ややほっとしたようだった。

「柚が家で話す友人のことの多くは、深野さんとのものでした。本当に感謝しています」

「そう、ですか」

柚の長い黒髪、白い顎のライン、すらっとした佇《たたず》まい、何より彼女だけが纏う超然とした空気を思い出した。奥歯を噛んでもなお、声が漏れた。喉の震えを抑えられたか、どうか。

「……柚もよく、理事長のことを話してました」

「そうですか。よい祖父でいられたか、どうか」

思いをめぐらすように、理事長は特注車いすの深い背もたれに体を預けた。ひどく老いて見えた。

「あの、大丈夫ですか？」

「ああ、ええ。大丈夫です。実は、私も癌《がん》を患っています。もう長くない、と言われて一年になります。そしてあと数か月も生きられないでしょう。自分に死が迫っていることが毎朝はっきりと分かります」

彼はクリーム色の天井を仰いだまま語り始めた。ドラマなどで老人がよくする表情だ。自分は全てを経験したのだ、という自負と誇り。

「私はあの子以外、家族を持ちません。私の父は戦争で死に、母も私が二十歳の時に病を得て死にました。妻は私が四十五歳の時、癌で死にました。一人息子と義理の嫁――柚にとっての両親ですが――は交通事故で柚を残して死にました。その時あの子はまだ三歳でした。私にはあの子しかおらず、あの子もまた、私しかいなかった」

その話は知っていた。自身の身の上を語る時も、柚はあの超然たる存在感を放っていた。むしろあの雰囲気は、そういう身の上だからこそだったのだろうと、今なら思う。彼女は彼女の立つべき場所に立っていただけだ。それは他の多くの普通の生徒が立つ場所とは、確実に異なる場所だった。そこは世間の流行《はや》りに浮かれる熱も、期末テストによる憂鬱も届かない場所だった。

その場所は孤独だったのだろうか。

「私はすべての仕事を投げ打ち、一生懸命に柚の成長を助けました」

理事長は続けた。「一生懸命、この言葉に一糸一毫《いちごう》たりとも誤りはありません。命を懸けました。最高の教育を授け、環境を与え、幸せを願いました。つぶれそうな学校法人から学園を買い取ったのも、あの子が道を踏み外すことのないように居場所を作りたかったからです」

孫のために学校を買う。あずさの頭の中には一つの言葉が浮かんでいた。

　──怪物。

「……すごいですね」

それ以外、言うべき言葉がない。彼の笑顔はいつもどおり柔らかい。全てを飲み込んでしまいそうなほど。

「家族を愛したからです。家族以上に大切にすべきことなど、この世界には存在しない。この世界で確かなものとは何か、考えたことはありますか？」

「さあ」

「地位でしょうか？　それとも名誉？　金？」太い顎を横に振った。「否。私は戦争でその全てが灰燼《かいじん》に帰すのを知りました。結局その時残ったのは何だったか？　私の肉体です。先祖代々紡がれてきた私の血と、そして父母から施されてきた教えです。血と教育。それこそ不変で、この世界で最も確かなものだと私は思います」

　反応に困るあずさの態度を、うまく言葉に落とし込めないゆえのものだと彼は理解したようだ。すんなりと言葉を選びなおす。

「最も確かなもの。それは言い換えれば、自分の生きる意味とは何かということです。血とは遺伝子です。二重螺旋《らせん》のそれです。それを次世代へ引き継ぎ、そして子孫が何らかの功績を残す。それはすなわち、自分の生きた意味になります。教育とは思想です。自分の思想が連綿と受け継がれ、その思想を受け継いだ者が世界を変える。それもまた自分がこの世界にいた意味になります」

「……それって何というか、ちょっと大きな話ですね。血縁に縛られているというか、自分という個人は認められていないというか」

「その通りです。個人とはあまりにも意味のない存在です」

「個人主義を否定するんですか？」

「全体も個人も、主義はあの夏に焼夷弾《しょういだん》で全て焼かれたのですよ」

怪物だ、と思った。

確かにこの人は、怪物だ。

今の話を総合すれば、彼が悲しんでいるのは孫娘が死んだからではない。自分の生きる意味である自身の血筋と教育が途絶えたことに、憔悴しているのだ。

噛みしめる奥歯が痛い。

痛すぎて、声が出なかった。

「ゆえに私は自死を許しません。許す資格がないというなら、自死を軽蔑します。血も教育も、身勝手な理由で断ち切るその行為は看過できません。……八年前のあの日のことは、まさしく教育者である私にとって痛恨の極みでした」

急に話が八年前に飛んで、一瞬あずさの脳のブレーカーが落ちた。情報と感情が流れすぎたのだ。

八年前。

……そうか、辻先生の恋人が死んだのが八年前だ。

「確か辻先生の恋人だった、とか」

何とかブレーカーを持ち上げながらあずさが言うと、理事長は驚いたように目をむいた。

「辻先生が話されたのですか？　それとも柏原先生？」

「辻先生です。先生が恋人が自殺してるのを最初に発見したって」

理事長は車いすの肘かけを握って、角度を変えて窓を見やった。半分上がったブラインドからは立ち並ぶビルとマンションが見えた。細い銀色の雨が糸のようだった。

「彼女は本当によき生徒でした。好奇心旺盛《おうせい》で、行動力もあり、友人も多かった。自分で死を選ぶ選択をするなど……」

空調の音がふいに止まった。

窓に向けて放った理事長の呟きがあずさにも届いたのは、そのためだった。その口調は冷たく、感情は見えなかった。

「……いや、あるいはあれは、殺人だったのかもしれませんが」

幕間二　小説家がさよならを告げるまで

「地面にぽっかりと穴が開いている感じだ」

と、久宝寺は応じた。

辻は向かいに座って、ウェイトレスにホットコーヒーを頼んだ。彼女が去ってすぐ、久宝寺は久闊《きゅうかつ》を叙するより先に、自分の死期を説明した。辻は「そうですか」と呟いただけだった。そこに憐《あわ》れみも哀しみもなかった。しかし突き放す冷たさもなかった。熱い缶コーヒーを飲み干した後の掌のように、ぼんやりとした生温かさだけが残っていた。

そうして辻は「死とはどういうものなんでしょうね」と呟いた。それもまた不思議な響きだった。尋ねているわけでも、意味深に独り言《ご》ちている風でもなかった。「近くに大きなイチョウの木でもあるんでしょうね」と言うのと同じだった。

それに対して、久宝寺は言葉を紡いだのだ。地面にぽっかり穴が開いている感じだ、と。

辻はメニュー表を脇にやって、久宝寺の言葉を待っていた。

「死が恐ろしいと感じたことはない。これは本当だ。ただ分からないんだ。何も分からない」

女性の店員が辻の前にコーヒーカップを運んできた。靴音は落ち着いていて、軒先から落ちる雨粒のように的確なリズムを刻んだ。

言うなれば、と久宝寺は彼女が離れるのを待って口を開いた。

「地面に黒いぽっかりとした丸い穴が開いていて、自分はそこに近づいている、そういう感覚だ。これまでもその穴はずっとそこにあった。そしてあることも知っていた。しかし穴から離れた場所で過ごしてきたから、特に気にも留めなかった。今は引き寄せられるようにその穴の縁《ふち》に立っている。穴の底はよく見えない。深いかもしれないし浅いかもしれない。怖くはない。少々の好奇心を含んだ困惑がある。ただ分からないんだ」

「なるほど」

辻はほんのわずかだけ頷いた。「分からない」と嚙みしめるように久宝寺の言葉を繰り返した。何だか責められているような心持になった。なぜだかは分からないが。

「だから後悔している」

自分でも言葉にできない感情は、全く意図しない言葉を紡がせた。しかしこれだけは死ぬ前に告げておきたい、と願う言葉のうちの一つだった。

「これまであんな風に、機械的に人を殺してきたことを」

「どういうことです？」

「ある時は奇妙な館で首を刎《は》ね、ある時はエレベーターの中で爆殺し、水族館の水槽の中で人体をバラバラにしたこともあった。その上、それを嬉々として解決しようと試みる頭のおかしい人間を描いてきたんだ」

目の前の青年はほっと息をついた。小説の話ですか、と。

「ミステリーとはそういう役回りでしょう。エンターテインメントですから。人が死なないと、そして人が死んだならその理由が示されないと、お話にならない」

辻の意見はどこまでも的確だった。否定も肯定もできない。

「俺はただ、自身の愚かさを後悔しているだけだ」苦い思いで久宝寺は言った。「死を描くとき、俺は暗い穴に近づこうとしなかった。あるのは知っていた。けど、近づく意思を持たなかった。……そんな半端な心持で書いてきたからこそ、あの日以来ミステリーが書けなくなった」

辻は話題の行く末を察したようだった。わずかに眉を顰《ひそ》め、線路の分岐のレバーを操作するように機械的に話の進路を変えた。

「作家が全員死を丁寧に描く必要なんてないでしょう。本来、死は平凡なものでしょうし。どんどん書いてくださいよ。きっと待っているファンもいます」

「別に絶筆したわけじゃない」

「今は児童文学なんでしたっけ。でもやっぱり、久宝寺肇といえばミステリーなんだと思いますよ」

久宝寺はそこで一口水を含んだ。癌で蝕《むしば》まれた胃に入り込んだ液体が、身体に浸透していくのを感じた。

「あれ以来、自分の書いたものを軽蔑してきた。……けど、最近はミステリーというジャンルについて前向きに考えるようになった」

隣にいた恋人達は既に席を立っていた。彼らがいなくなってもなお、席の周りには桃色の空気が漂っているように思えた。華やかで生命力に満ちている人間は、空気にだって色を付けられる。多分、自分は小説にそういう効果を求めてきた。目の前にはいない読者の心の色を塗り替えよう、と。

適切な言葉をつなぎ合わせれば他者の心を塗り替えられるものだと、そう信じていた。

そして今際《いまわ》の際の今もなお、信じている。

「ミステリーはとにかく、作者と読者との距離が近いジャンルだ。例えば読者への挑戦などが典型的な例だろう。作者が問い、読者が答える。ミステリーは作者と読者との信頼感で成り立っていると言っていい。俺も読者を心から信頼している。読者は名探偵だと思って俺は書いているよ。校長や理事長なんかよりも尊敬している」

一口水を飲んだ。

「つまり、ミステリーは他のジャンルより、読者に作者の言葉が届きやすいと思うんだ。当時はそこまで考えなかった。けど今なら分かる。ミステリーなら、作者の言葉が読者の心を揺さぶり、魂を救い、人生を変えることも比較的容易なはずなんだ」

教え子は初めて薄く微笑んだ。空虚な笑みだった。そう見えるのは、先ほど辻が言った言葉のせいかもしれなかった。「死は本来平凡だ」と彼は言った。

どうしようか、とここに至って久宝寺は迷い始めた。辻に全てを託すつもりだった。しかし、自分の思った以上にあの日の彼女の死は彼を侵食しているのかもしれない、と思った。少なくとも、今の彼には語りに生気が感じられない。あるのは進路を変更するレバーの操作だけだ。

そこには業務としての割り切りのような冷徹さがあった。生と死とは同居するものだが、彼の場合完全に生がなりを潜めている。

彼は白いカップを傾けた。そうしてほんのわずか、視線を持ち上げた。

「そうでしょうか？」

と彼は問うた。「言葉はそこまで力を持っているでしょうか？」

辻の瞳はより一層暗さを増していた。

「少なくとも、沙奈枝は言葉によっては救われなかった」

返す言葉は無かった。

辻の胸の前にぽつりと置かれたコーヒーカップには、ブラックコーヒーが半分残っていた。その黒い穴の底が深いのか浅いのか、久宝寺には測りかねた。

三　見立て自殺

1

白い月は、校舎の上にぽっかりと浮かんでいる。

あずさは部屋を真っ暗にした。布団を頭からすっぽりと被《かぶ》って、窓際のベッドに座って戸外を眺めた。月は白々と世界を照らし上げている。高校生にとっての世界とは、この敷地内そのものだ。月明かりがグラウンドの闇を淡く滲《にじ》ませていた。暖房も切っているから、人類の滅亡した地球のように辺りは静かだ。

（どうやったら殺人の説明が付くのだろう）

凍える息を吐いて、あずさは考える。

今のところ、有力な容疑者は柏原だった。防犯カメラに何も映っていない以上、侵入経路は窓しかない。そしてその窓とは、人目につかない第二グラウンド側の可能性が高い。そこに長時間いたのは、どうやら柏原一人らしい。彼が何らかの方法で窓から侵入できれば、犯行は容易だ。

二階や三階の窓から入る方法がないのであれば、一階の窓から入るというのを再考するのはどうだろう？

もともと窓が開いていたなら、窓から入って犯行を行い、出ればいい。問題はそのあとどうやって窓の鍵を閉めたのか、ということなのだ。クレセント錠を外からかける方法は、調べるといくつか出てきた。隙間があれば可能であるようだが、それには専用工具がいる。そしてそれは痕跡《こんせき》を残すだろうし、警察が調べ上げていないわけがない。そんな証拠を残すやり方が真相だと告げて、警察は納得するだろうか？

首を振った。私は探偵なんだ、と言い聞かせる。探偵はいつだって、みなが思いもつかないトリックを見破り、論理的に説明し、納得させるのだ。

「探偵とは読者を納得させる役割のことだよ」

今は亡き久宝寺の言葉を思い出す。「どんなに実現不可能でもいい。とにかく他の登場人物と読者を納得させるんだ」

あずさにとって、探偵の定義とはそれだった。専用工具を使用する方法は、警察も説得できないだろうし、なにより私自身を納得させられないではないか。嘘でも実現不可能でもいい。とにかく納得感がなければ、探偵になったとは言えない。

思いもよらないトリック……例えば、そう、ドローンはどうだろう？　二階の備品棚にはプログラミング教材のドローンがあった。あずさが小学生のころ、学校で一人一台端末を持つようになった。プログラミングの授業が週に数回行われ、高校でも情報の授業で簡単なプログラムを組むことを求められる。ドローンはその教材として用いたことがあった。

例えば、端末でプログラムを組む。ある一定の時間に起動、二〇センチ前進、六〇センチ左に移動。クレセント錠にうまくどこかをひっかけて……という具合に。ドローンの羽にはプロペラガードがついているから、ひっかけることができないわけではない。あずさは月に向かって息を吹きかけた。

もちろん、だめだ。

ドローンを動かすのは容易だ。教材であるくらいだから、それなりに手軽に操作できる。しかし教材用ドローンは軽量で、クレセント錠を回すほど馬力はない。カーテンくらいなら動かせるのかもしれないが、クレセント錠を動かせるとは到底思えなかった。そもそも……。

頭が痛くなってきた。ベッドの前に据え付けてある勉強机の前に座って、ミネラルウォーターを口に含んだ。勉強机の本棚には、教科書とともに小説がいくつか並んでいる。全て弟のミステリー小説だった。

あずさはもともと小説を好んで読まない。これらを読み始めたのもここ数年のことだ。一冊を手に取り、月影のもとでパラパラとめくった。古い紙の香りが鼻孔をくすぐった。顔を上げると、本棚の上に張り付けてある一枚のルーズリーフが目に留まった。カーテンの隙間から入る光が文字にマーカーを引いていた。

拙《つたな》い字で、『死ぬまでにやりたいことリスト』と書きなぐってある。いくつか箇条書きで書かれたその最後は「探偵になる」という言葉だ。

自分は今、探偵になりつつある。夢を叶えつつある心は、深夜のグラウンドよりもなお静かだった。

その静けさのせいで、わずかな思いつきにも気持ちは敏感に反応した。

そういえば、と思う。もしかすると、辻先生の恋人が住んでいたのは、この部屋なのではないだろうか？　二階の南の角部屋、確かに辻先生はそう言った。

あずさは辻の言葉を反芻《はんすう》しながら、部屋を歩き回った。八年越しの現場検証。あずさが灯《とも》した天井の明かりは無遠慮に室内に広がった。

あずさは辻の動きを再現することにした。一度外に出て、ドアを開けて中に入る。右手は壁、左手に風呂場とトイレが並んでいる。少し進むと六畳の長方形の部屋に入る。部屋の奥には引き違い窓、その下には備え付けのベッドが横向きに鎮座している。ベッドの脇には勉強机と本棚がある。そして部屋の左手にクローゼットが一つ。

はてな、と思った。

どこでどう、首を吊《つ》ったのだろう?

しばらく辺りを観察して、ようやくあずさはその場所を突き止めた。部屋のクローゼットの上の壁に施工の跡を見つけた。壁紙の材質が他と少し違う。今はこのクローゼットのドアの背はそこまで高くないが、もともとは天井辺りまであったのだろう。クローゼットを開けてそのドアの上に紐《ひも》付きのフックを引っかける、そして首をくくる。天井は二メートル以上はあるから、十分な高さと言えた。

殺人、と言った老人の声が蘇《よみがえ》った。

もし八年前の死が殺人だとしたら、自殺に見立てた殺人ということなのだろうか? 一体、誰が、なぜそのようなことをしたのか? そして……。

(辻先生は、そのことを知っているんだろうか?)

あずさはクローゼットの前に足を抱えて座り込んだ。膝《ひざ》の間で頭を抱え込んだ。小さな暗闇が広がった。フローリングの床は氷のように冷たかった。今自分はおそらく、八年前の辻先生と同じ場所に座っている。辻先生は何を思って、恋人の死を目に捉《とら》えたんだろう？　辻先生はその後の人生をどのように逃れて、ここにたどり着いたんだろう？

今日、自分に付き従ってくれた若い男性教師を思った。

存在感が希薄で、無関心を気取っていた。刑事とは淡々と割り切って話して、それでいて重い沈黙が訪れるとそっと言葉を貸し出してくれた。伊達とのいさかいを見ると、間に入ってくれた。彼の人間性は角という角が取れていた。つるりと引っかかりがなかった。

辻を思うと、あずさの胸の深いところがわずかに熱くなる。

もちろん、多分、恋ではない。それは親近感に近いもののはずだ。人はそれぞれの道に立っていて、人生の上でその道が交差することはあれど、同じ道に立っていることは少ない。しかし辻はあずさと同じ道の、その少し先にいる。そんな気がした。目の前で友人の死を見たという、共通点があるせいなのかもしれなかった。

寒さで身が震える。ベッドに向かって布団を頭の上まで被った。宇宙のような暗闇が広がる。無重力。何にもしばられずにあずさは思う。

死とはなんだろう？

呼吸が止まること、脳の機能が停止すること、墓が立つこと、人に忘れ去られること。どれも正しい気がするが、腑に落ちない。そしてあずさは腑に落ちる答えを既に持っていた。

死とは、さよならを言うこと。

単純すぎる問答は眠気を誘った。意識がすぐに遠のいていった。

2

玲人が帰宅したのは夜の十時を過ぎていた。

自室で半日ぶりに胃に固形物を入れた。朝にクロワッサンをトーストして一つ食べてからこの時間まで何も口に入れなかったが、不思議と腹は減らなかった。昼間に体育教官室でコーヒーを飲み、その後第二グラウンドでコーヒーを飲み、また体育教官室でコーヒーを飲んだ。それから、職員室に帰ってまたコーヒーを飲んだ。どのコーヒーも温かく苦かった。

四杯目のコーヒーを飲んでいるとき、もう日は落ちつつあった。深野が職員室に入ってきた。東堂の席の前に立ち、玲人を手招いた。

玲人がそばに立つと彼女はかすれた声で、柏原は第二グラウンドに一人でいて、誰も怪しい人を見ていないが伊達を見かけたと言った、と東堂に報告した。

東堂が声を潜めた。

「なら、今のところ最有力の容疑者は柏原先生ってこと？　いわゆるアリバイがないよね」

「今のところ、そうですかね」

深野は力なく頷《うなず》いた。それは疲労であり、焦燥でもあるように思えた。東堂がそれに気づいて尋ねた。

「……理事長室で、何かあったの？」

「いやいや！　別に何も。ただちょっと疲れただけで」

慌てて声を高くすると、深野はぺこりと頭を下げた。「じゃあ、今日はこの辺にしましょう。また明日」

去り際に、彼女はふと玲人を見上げた。

「あの、八年前の辻先生の恋人のことなんですけど」

「ああ」

「……あれって自殺だったんですよね？」

ああ、と玲人は答えた。

「本当に？」

見上げる彼女の瞳《ひとみ》が少し潤んだ。瞳の中に戸惑いが浮かんで、すぐに沈んだ。何を読み取ればいいのか玲人は訝《いぶか》しんだ。しかし、深野はゆるゆると首を振っただけだった。あまりにも中途半端な態度を見送った直後、緊急の職員会議が開かれた。

あれは、どういう意味だったのだろう？

玲人はペペロンチーノを口に運ぶ手を止めて再度考えをめぐらせた。自殺ではないとしたら、なんだ？　殺人だとでもいうのだろうか？　いくら探偵だからといって、八年前の事件まで掘り起こすことはないだろう。今回の事件と、何も関わりはないはずなのに。

いや、と玲人は考え直した。久宝寺肇という人間を介して、あるいは関わっていると言えるかもしれなかった。

玲人が高校生のころ、久宝寺は既に押しも押されぬ作家の地位を築き上げ、それでもなお教職を務めるという明らかな異才だった。高校生はその事実に少なくない尊敬の念を抱いていたが、彼の著作を読むものは多くはなかった。高校生は忙しい。勉強に部活に恋愛。小説を好んで読むのはクラスでも二、三人だっただろう。玲人が自然と久宝寺と話すようになったのも、玲人がその二、三人に入っていたからだ。そして、沙奈枝もそのうちの一人だった。

一度、玲人は久宝寺に「なぜ小説家なのに教職に就いているのか」と尋ねたことがある。夕暮れ時の司書室だった。玲人の隣には沙奈枝がいた。丸い目は興味津々に輝いていた。そう、沙奈枝はいつでも興味津々だった。

久宝寺は間髪を容れずに答えた。

「傲慢《ごうまん》なんだ」

「傲慢?」

「誰かを動かしたくてたまらないんだ。小説でも誰かを揺さぶりたいし、教育でも誰かを導きたい。人を動かすのは結局言葉だ。小説では文字を介して人を動かす、教育では口を通じて人を動かす。そうやって、いろんな人を動かしたい」

分かるような気がした。玲人が久宝寺の小説を読んだ際のことを思い出したのだ。読み終えて表紙を閉じたときの、あの浮遊感。この本を読む前と読んだ後ではまるで世界は違って見える、という確信。これまでいた場所と全く違う場所にいる、その実感。言葉の海におぼれた後、全く自分の想像だにしなかった場所にたどり着くのは面白かった。

確かに言葉には力がある、と玲人は言った。

誰かを何処《どこ》かに運ぶ力がある。運んで、動かし、思いを伝播《でんぱ》させる力が。隣にいた沙奈枝も激しく同意した。

沙奈枝について、真っ先に玲人が思い出すのはその足取りだ。

彼女は普通の女子高生よりずいぶん大股《おおまた》に歩いた。大股に歩くせいで、遠心力で腕も大きく振られた。早朝に公園を歩く中年の女性のようなかっちりしたフォームではないにしても、それに近い格好で校舎内を歩き回っていた。そしてそれはそのまま、沙奈枝の性質を体現していた。

つまり、沙奈枝は行動を重んじたのだ。行動と経験を重視した。読書家で行動力がある、という人間がいることを玲人は初めて知った。少なくとも高校生の玲人には、沙奈枝は新しい人類に映ったのだ。大きな足取りでずんずんと進み、玲人を振り返った時にこぼれる白い歯は魅力的だった。

そして突然、沙奈枝は死んだ。

あれから八年、と意識はアパートの一室に戻った。またこの学校で生徒が死んだ。死んだのは沙奈枝と同じように久宝寺の教え子で、今回はさらに容疑者のほぼ全てが久宝寺の教え子だった。ここに何か意味があるのだろうか？

パスタは冷めきって、プラスチックの底に張り付いていた。

玲人はテレビをつけた。ニュース番組ではまだ今回の事件は扱っていない。次はスポーツニュースです、と女性アナウンサーがにこやかに告げたとき、スマートフォンが震えた。

メールだ。煙ヶ谷からだった。警察に呼ばれて明日学校へ行く、とあった。警察はやはりあの遺稿の行方を重視しているようだった。

案外とこの事件の鍵《かぎ》はあの遺稿なのかもしれない、と玲人は漠然と思った。

現場の状況や時間的なアリバイなどは、きっと警察が既に固めているに違いない。一日経ち、それでもなおうまく説明できる物語がないのは何とも不自然だ。被害者の動きと容疑者の動きにまだ辻褄《つじつま》があっていないのだろう。久宝寺の作品と同じだ。名探偵たちはいつもそれを華麗にひっくり返してきた。

もしかするとあの小さな探偵が解くのかもしれない。

化粧っ気のない肌に大きな眼鏡。何事にも興味津々で、かつ行動派だった。証拠を探して歩き回るその足は細く、歩幅は広く、懸命だった。

「……」

どうしてこれほど、彼女に惹《ひ》かれるのだろう?

カーテンが少し開いていた。閉めようと近寄った窓辺からは白い月が見えた。もしかしたら探偵を自称する少女もこの月を独り見ているのかもしれない、と思うと言葉にできない感情が胸に広がった。感情は適度に冷たく、柔らかく、水のように掬《すく》い取れない。

感情は液体で言葉は固体だ。液体を固体にするには、相応の装置が必要だった。

自分はそれを持ち合わせていない。高校時代から、ずっと。

月明かりが眩《まぶ》しいと思えたのは初めてだった。

3

翌日の金曜日、校舎の中は朝からやけに忙《せわ》しなかった。

共通テストの前日だからだろうか。あずさが廊下で首を傾げていると、東堂が小走りで駆けていくのが目に入った。

「あ、東堂先生！」

「ん？　おはよ、深野。どうした？」

いつもジャージの彼女は、今日は紺のスーツを着ている。遠目には若々しく映ったが、近くで見ると顔にかかる疲労の色は濃かった。コンシーラーの奥からくまが透けて見える。

「なんか、お忙しそうですね」

「ああ、まあね」

東堂はまとめた髪を撫《な》でつけた。

「急遽《きゅうきょ》、昼から保護者説明会をすることに決まったから」

「保護者説明会？」

「三年生だけね。明日は共通テストもあるからその後でいいんじゃないか、って意見もあったけど。まあこのご時世、何事も説明しないとね」

説明、とあずさは心の中で復唱した。説明。

「説明って、何を話すんですか？」

「理事長と校長次第なんだろうけど。殺人事件のことと、これからの対応を話すことになると思うよ。カウンセラーも急遽派遣されることになったみたいだし。あとは受験には影響のないように全力を尽くしますって」

「……柚の名前は出るんですかね？」

どうなんだろう、と東堂は胸に抱いたバインダーに力を込めたようだった。一瞬惑って、しかし生真面目な彼女はあずさに嘘はつけないようだった。

「多分、出さざるを得ないと思うな。昨日の職員会議でもそういう話だった。もうほとんどの生徒は知ってるわけだし、まだネットに出回ってないだけ、すごいよ」

はあ、と風船の空気が抜けたような返事が出た。へたり込みたくなるような気持ちになる。柚が殺されたことが公表される。保護者会が終われば、きっとすぐにネットに柚の名前が出ることだろう。メディアもそろそろ騒ぎ始めるのかもしれない。

東堂が去っても、あずさはなぜか教室に行く気が起きなかった。保護者説明会、という堅苦しい響きが、あずさをひどく萎《な》えさせていた。公的な場で理事長は事件の概要と柚の死を述べるだろう。やがてマスメディアが取り上げ、ネットには事件の詳細が書かれ、延々と残り続けるだろう。

「……」

何かを探し求めるように、うろうろと彷徨《さまよ》った。

事務室の前で辻と出くわした。辻と挨拶《あいさつ》をかわし、視線を辻の隣の男性に移した。あずさよりも小柄で華奢《きゃしゃ》な中年の男だった。スーツはしっとりと高級感のある光を放っていた。先ほど見た東堂のスーツはもっとてらてらと鋭く光っていた。

「久宝寺先生の担当編集者の煙ヶ谷さんだよ」

とやや雑に辻は紹介する。「遺稿の続きを探しに来られたんだ」

煙ヶ谷は女子高生にも丁寧に頭を下げた。

「それから今回の事件について少し調べてこいと、週刊誌の部署から要請もありましてね」

煙ヶ谷はどんぐりのような小さな目をさらに小さくさせた。やれやれ、という気分を表したかったようだが、今一つ伝わってこない。

辻が通り過ぎる時、くすんだ香りがした。いつもの煙草の匂いとは少し違う。煙っぽいが、煙草よりも後に残る香りが強く、どこか甘い。

「辻先生、煙草変えました？」

「いや」

ああ、と反応したのは煙ヶ谷だった。おもむろに胸元に手を入れ、名刺を一枚取り出した。続いて小さな香水瓶を手にして空中に噴射し、その霧に名刺をくぐらせる。

「きっと、この香りだよ。さっき、辻先生にお渡ししたんだ。特別な人に渡す名刺には必ずこうやって目の前で香りをつけるんだよ。記憶に残るだろう？　ちょっとスモーキーな香りにしてるのも、名前と記憶を一致させてもらうためなんだ」

言ってから、あずさに名刺を差し出した。「池田出版《いけだしゅっぱん》第一文芸部　煙ヶ谷武司」とある。「香り付きの名刺は特別な人にしか渡さないから、君も運がいいよ。大御所作家に渡さないことだってある」と茶目っ気たっぷりに笑った。

「辻先生も特別なんですか？」

「そりゃもう。大切な取引相手だからね。これからも事件について色々教えてもらわないといけない。辻先生以外の先生に、香水をつけて名刺を渡すつもりはないよ。刑事にだって渡さない」

「で、私もそのスペシャルなおこぼれに与《あずか》ったわけですね。ＶＩＰみたいで嬉《うれ》しいです。ところで、編集ってどんな仕事してるんですか？」

教室に行かない口実が欲しくて、あずさは尋ねた。

煙ヶ谷は何度か頷いた。「まだ編集者が高校生の興味のある職業で嬉しいな」と顔をほころばせる。

「文芸に限って言うと、作家さんのマネージャーってところかな。作家さんがベストなパフォーマンスをするようにお膳《ぜん》立てをするのが、我々の職務だよ」

「何だか大変そう。嫌な作家に当たったら最悪ですね」

「昔は難しい方もおられたみたいだね。今はそんなこともないよ」

「久宝寺先生はどうだったんですか？」

一瞬間が空いた。

そのわずかの間に、煙ヶ谷は視線を落とし、唇の端を複雑な形に曲げ、最後に無理やり頰を上に引っ張り上げた。それだけで煙ヶ谷の久宝寺への思いは分かった。

「久宝寺先生も、まあ、優しい方だったよ。人一倍、作品に拘《こだわ》りがあってね。小説はビジネスやメディアというより芸術だと捉えるタイプの作家さんだった。芸術に完成は無く、見切りをつけたときが完成だ、と考える方。まあ、そうなると締め切りもなにもないよね。私も売上の話をしたとき、ひどく怒られた思い出があるな」

「へえ、意外ですね。高校ではそんな風じゃなかったですよ」

「ほう。と言うと？」

「変人っぽかったけど、こう、生徒に優しかったように見えました。怒ったことも見たことないです」

　煙ヶ谷は寂しい頭を撫《な》でつけた。

「きっと一途なんですよ。自分の大事な作品に嘘はつけない。同じように自分の大事な生徒に嘘はつけない。根は同じで、幹が違うんです。人間は誰しもそういうものでしょう」

　編集者らしい的確な表現だ。自分たちが人間を見る時、所詮《しょせん》は幹の一本を見ているに過ぎない。あずさは友人の顔を思い浮かべた。京香に伊達、それに柚。柚が自分に見せていた顔も無数にある幹のうちの一本に過ぎないのだ、と思うとたまらない気持ちになった。しかし多分、自分だって一本の幹だけを皆に見せている。

　ただ、と煙ヶ谷は肩を落とした。体がより小さくなった。

「もう少しこちらの要望も聞いていただきたかった。八年前から急にミステリーは書かないと宣言してね。何度も翻意を促したけど、頑として聞き入れてくれなかった」

「八年前、ですか」

「ええ。シリーズものの結末を書かないなんて、読者への裏切りでしかない。自分の作品に対する裏切りでもあると思うんだけどね」

　しかし、煙ヶ谷は何とか久宝寺に関する良いニュースを絞り出すように声を大にした。

「去年の秋も深まった頃に急に連絡が来たんだ。『探偵左近の続編を書くから、雑誌に載せろ』と言ってきた。『なるべく早く雑誌に掲載しろ』ってね。なんだかんだと言いつつ、やっぱり作品を愛していたんだろうな」

「それがあの『名探偵たちがさよならを告げても』ですか」

煙ヶ谷は表情を輝かせた。編集者と言うより、一読者の顔だった。力強く言った。

「結末が見当たらないとはいっても、絶対にどこかにあるはずなんだ。久宝寺肇はミステリーの壁にぶつかってもなお、児童文学なんてものを書き続けていた。その彼がようやく壁を越えた作品なんだよ。何とか探して出版しないと。これは私の使命だと思っている」

「あのプロットだけで、出版できるんですか？　無理に出版しなくても……」

「難しいけど、未完成の絶筆を他の作家が完成させることは別に珍しくないんだ。必ず、結末を見つけてみせる」

早口でまくしたてる彼の隣で、辻が白々しく左手首を目線の高さに持ち上げた。

「あ、長居してしまいましたね。じゃあ、さようなら」

何度も頭を下げて遠ざかる煙ヶ谷の姿は、中年の姿をした子どものように見える。何かをやりとげる意思を持つ人間独特の、力強く固い声を持っていた。きっと彼ならやり遂げるだろう、と根拠のない感慨にふけった。遺稿の続きが見つかるにせよ、そうでないにせよ、多分彼は出版にこぎつける。

一瞬悲しくなり、しかしすぐに悲しみは尊敬に変わった。ああいう人みたいに、自分もやるべきことをやろう。今、私は探偵なのだ。

予鈴が鳴り、あずさは少し重りの外れた足を教室に向けた。

4

まるで誰かが段取りをつけて用意した人生を歩んでいる、と思うことがある。一体この体の、どこからどこまでが自分のものと言い切れるのだろう、と。忙しいときは特にそうだ。

やけに時間が過ぎるのが早い一日だった。

深野と煙ヶ谷が語り合っているさまを見て、玲人が考えていたのは彼女の心中だった。友人が死んだ。久宝寺の遺稿に見立てて。しかしそれなのに、この編集者はその点には触れずに久宝寺の遺稿の行方ばかりに言及している。深野が不快に思うだろうと早めに切り上げたかったのだが、彼女は案外と冷静に会話をしていた。分からない子だ、と玲人は思った。コンビニの前で人目を憚《はばか》らず涙を流す姿と、軽やかに会話する姿が一致しない。

深野と別れて、玲人は煙ヶ谷を連れて職員室に足を運んだ。久宝寺のデスク周りを見せるためだ。職員室にある久宝寺のデスクは、司書室とは比べ物にならないほど小ざっぱりしている。ものの五分ほどで、全ての引き出しとファイルの確認が終わった。

「やはり、ここではないようですね」

やや気を落とした風に、煙ヶ谷は襟足の下の膨らんだほくろを撫でた。「司書室が本命でしょう」

「けれど、司書室は警察の方が既に確認されていたようですよ」

念のため辻は伝えたが、煙ヶ谷には届かなかった。もはや編集者というよりは一読者としての情熱が彼を動かしていることは明らかだった。

「それでも探します。あのプロットの様子だと、まだ大量の文書として残っているわけではないでしょう。もしかしたらメモ一枚かもしれない。けど結末は確実に残っているはずなんです」

「司書室に入れるでしょうか？」

「問題ないでしょう。そもそも、私は警察に呼ばれて来たんですから」

「なるほど」

去り際、編集者は思い残したように辻を呼びとめた。

「辻さんは遺稿の結末が知りたくはないんですか？」

「ええ、そこまで必死には」

「どうして？　あの久宝寺肇が死に際に残そうとした作品ですよ？　きっと想像もできない思いが詰め込まれていたはずです。それを知りたいと思いませんか？」

「私は言葉の力をあまり信じていません」

編集者は黙って先を促した。玲人はまたしばらく口をつぐんだが、諦《あきら》めて続けた。

「どんなに思いがこもっていようが、言葉は言葉ではないでしょうか。もちろん言葉に全く力がないとは思いませんが、私は言葉よりも行為によって物事は回っていると思う方です」

なるほど、と煙ヶ谷は何度も頷いて問答を咀嚼《そしゃく》した。知る人ぞ知るレストランで本日のメインを愉《たの》しむ客のようだ。

「そうはいっても辻さん、こうした会話もすべて言葉です。今交わした会話も何も動かさず、本当に無意味なのでしょうか？」

「……」

ではまた、と煙ヶ谷は背を向けた。

その後、玲人は保護者説明会の準備に追われることとなった。体育館の設営、機材調整、受付の準備。午後二時半から始まった保護者説明会は、まず理事長からの現状の説明から始まった。一通り説明を終えてから、質疑応答が行われた。

質疑応答は紛糾するかと思われたが、一つ目の質問とそれに対する回答で、方向性は固まった。

最初の質問者は首に真珠をぶら下げた中年の女性だった。

「あのー理事長。殺害の可能性が高いってことで警察に全面協力するって話だったと思うんですけど。犯人が分からないのは仕方ないとして、私たち保護者が気になるのはその動機なんですよ。もし外部じゃないとしたら、それは内部の犯行ってことですか？　被害者は恨まれるような子だったんですか？　だとしたら、この学校の教育はどうなってるんですか？　殺人者を育てるような教育をする学校に、授業料なんかもう払いたくありませんよ？」

甲高い声の上に早口で、マイクも上手く音を拾わなかった。体育館の後方に立つ教師たちは互いに目くばせをしあった。恐れていた質問が一番先に来たのだ。

誰が号令をかけたわけでもないが、教師の視線は被害者の担任である柏原に注がれた。彼は嘔吐《おうと》を堪《こら》えているように顔面を蒼白《そうはく》にして俯《うつむ》いていた。背が丸まり、今にも倒れこんでしまいそうに見えた。

張り詰めた空気の中で、理事長はゆっくりとマイクを手に取った。

学校の管理責任、責任の所在、そしてその賠償。何も分かっていない現状、全てにおいて明確に回答することはできない。そして明確に回答しない行為に対して、この質問者は隠ぺいだと追及するだろう。その風向きがどうなるのかで、この保護者説明会の行く末は決まる。

ハウリングがあって、収まるのを待ってから一言答えた。

「殺されたのは、私の実の孫です」

場内がどよめいた。

そして理事長はそれ以上、何も答えようとはしなかった。マイクを置き、深い皺《しわ》の奥でじっと質問者を見ている。質問者の女性がようやく口を開いた。

「あの、それで動機は……」

理事長は答えなかった。

車いすの上に体を預けた九十歳の老人は、岩のように大きく重く見えた。中年の女性も結局、気圧《けお》されたようにマイクを返した。

以降の質問は学校側への非難ではなく、現実的な問題に終始した。授業はどうなるのか、共通テストはどうなるのか、警察はいつまで捜査するのか。やはりこの人は怪物だ、と玲人は理事長を遠くから見ていた。被害者が孫であることを最初に言ってしまえば、保護者は強く出られない。なぜなら、一番の被害者は理事長なのだから。たった一言で、会場の全員を動かしてしまった。

言葉に力がないという考えは改めないといけない。

適切な人物が放つ言葉は、確かに人を動かし得る。あくまで、適切な人物、という限定で。

保護者説明会が終わったのは、午後四時半だった。体育館の片づけを終えると、外はすっかり暗くなっていた。

職員室に帰ると、どの教師も安堵《あんど》の表情を浮かべていた。やるべきことはいくつもある。しかし、学校側と保護者側が対立することは避けられた。空気はすっかり弛緩《しかん》していた。

玲人もまた、ぼんやりと肩の上から自分を眺めることに終始した。何にこんなに疲れたんだろう？　ここ数日の現実味のない出来事が、ようやく一段落付いたような錯覚に襲われる。まだ何も確かなものなどない。しかし人は本能的に何とか救いを見出す生き物であるらしい。

つまり、完全に油断していたのだ。

事件は一つの山を越えたのだ、と。

事件が一つだとは、限らないのに。

時計の針が五時半を過ぎたときだった。穏やかな空気を切り裂いたのは、女性の警察官だった。慌ただしく職員室へ駆け込むと、天井を仰ぐ玲人の前に立った。

「辻さん、今すぐ同行を願います」

「ええっと……」

「用具室で容疑者が一人、亡くなりました」

弛《ゆる》んだ空気が、その形のまま氷結した。

氷結し、すぐに崩壊した。

一番最初に駆けて行ったのは東堂だった。

玲人もまた駆け出していた。嫌な予感を覚えずにはいられなかった。二日前、三条柚が殺された。そして今日、こうして誰かが死んだ。それが無関係だとはどうしても思えない。一番関わった人物は誰だ？　鼓動が高鳴るのは、走っているせいばかりではない。

用具室は第二グラウンドにある。食堂の前を通り過ぎた東堂がスピードを緩めた。見慣れた影が二つ立っていた。九曜とオウムに似た若い刑事だ。

「あの、誰が……」

東堂が息も絶え絶えに尋ねる。

答える九曜の表情は虚《うつ》ろだった。

「煙ヶ谷さんが死んでいます」

「――」

この目に映る、どこからどこまでが現実のものと言い切れるのだろう、と思った。

このかじかむ手は、しびれる足は、声の出ない喉《のど》は、果たして自分のものと言えるのだろうか？

世界はあまりにも現実味を欠いていた。

二人のあとを追ってきた教師たちは職員室へ返され、玲人と東堂だけがその場に残された。肌を刺すような冷たい風がスーツの隙間から容赦なく差し込んだが、それを気にする余裕はなかった。刑事も同様に相手を気遣う考えなど毛頭ないようだった。

九曜の小さな舌打ちから、事情聴取は始まった。

「煙ヶ谷さんの今日の動きをお聞かせください」

「ちょ、ちょっと待ってください！」

東堂が慌てたように声を張り上げた。

「こっちは何が何やら。煙ヶ谷さん？　事情を説明してもらわないと！」

玲人たちが立っている場所は、背中に北棟があり、目の前には用具室へ通じる一本道、右手にグラウンドが広がる中途半端なところだった。校舎から漏れる光は弱く、数メートル先に一つ電灯があるだけだった。

九曜の表情は闇夜に紛れ朧《おぼろ》げにしか見えないが、明らかに不快そうだった。

「久宝寺肇の担当編集である煙ヶ谷さんが、用具室で倒れているのが発見されました。発見したのは四人の生徒です。発見後、すぐに学校内にいた警察官を呼びました。警察が到着したのは午後五時十二分。死因はおそらく練炭による中毒死。睡眠薬を服用していたものと思われます。鑑識待ちですが、練炭の燃え方から、今日の午前十二時の前後二時間頃に練炭は燃やされていると推定されます。そして……」

彼はやや言い淀《よど》んだ。いつもと変わらず斜め後ろに立つ、若い刑事が胸を反らせるほど姿勢を正した。

やがて九曜は切符を改札機にくぐらせるように自然に、言葉を告げた。

「そして、用具室のドアには内側から封をするようにテープが貼られていました」

「……」

時間が闇に溶けた。

たっぷり十秒待って、東堂が恐る恐る尋ねた。

「あの、用具室の入り口は一つのはずですけど」

「そうですな」

「つまり、煙ヶ谷さんは自殺、ということですか？」

九曜は答えなかった。顔を黒いグラウンドに向けて、睨《にら》みつけていた。

「目下捜査中です」

代わって、若い刑事が早口で言い切った。

「それで、煙ヶ谷さんの今日の動きを教えてください」

九曜がいら立ったように早口で尋ねてきた。ふうむ、という口癖は出てこない。玲人は今朝の出来事を丁寧に語った。

「――そして司書室に行ったあとは分かりません。私もばたばたとしていたものですから」

「なるほど。確かに司書室には来られたみたいですな。うちのものが一人案内しています。そこで三十分ほど紙をめくったり、パソコンを調べたりしていたみたいですがね。刑事には何も言わずに出て行ったそうです」

そうですか、と意味もなく白い息を目で追った。そうですか、ともう一度呟く。

その後何かがあって、今用具室で彼は倒れているのだ。校舎から漏れる明かりで、水を含んだグラウンドはところどころ輝いている。

東堂が堪えきれないような調子で問うた。

「発見した四人の生徒は誰なんですか？」

「三年生の四人です。卒業文集制作とかで、学校に残っていたようですね。第一の事件と関わる生徒が二人いました。一人は田中京香さんで、もう一人は伊達遥君です」

「それで……」

東堂が口を開いたところで、暗がりから玲人を呼ぶ声が響いた。

「辻せんせー！　どうしたんですか？　何かあったんですか？」

駆け寄ってきたのは深野だった。寮に帰っていたはずだが、騒ぎを聞いて駆けつけたのだろう。まだ制服姿だった。白い息が何度も夜空に立ち上った。

「何かあったなら、私にも教えてもらわないと。探偵は私ですよ――」

次の瞬間、にっこり微笑んだ深野の顔が恐怖に引きつった。唐突に九曜に腕を摑《つか》まれたからだ。それは俊敏だった。そしてあまりにも暴力的だった。

老練な刑事の目が、怒りに燃えていた。

「来い」

どすの利いた声でそう言うと、深野を引っ張って用具室に向けて力強く歩みを進めた。状況に理解が追い付かず、玲人たちはぽかんと口を開けて見送り、三秒ほどして慌てて追いすがった。若い刑事だけが、まだ衝撃で立ちすくんでいた。

深野も驚きのせいか、声一つ出ないようだった。濁流に呑《の》まれるように九曜の手に身体を預けていた。用具室へ通じる土の細い一本道を行く九曜の足取りは速かった。追いついたのは用具室の鉄製のドアの前だった。カメラをぶら下げた鑑識服の男性が二人、目を丸くして九曜を見つめた。

「見てみろ」

何を、と聞くまでも無かった。

用具室の中には一人の男の身体が転がっていた。

天井に設置された白い蛍光灯は二本あり、うち一本は切れていた。一本分の蛍光灯の光が、物言わぬ男性を薄明るく照らし上げていた。体の右側をコンクリートの床につけ、背は半月のように曲線を描いていた。腕は胸の前で小さく折りたたまれている。朝見たときと同じスーツを着て、死してなお乱れは無かった。左目は閉じられていたが、右目は薄く開いていた。「言葉は無意味なのか」と問うたその唇は、半分がコンクリートに口づけしていた。首にあるほくろはやはり盛り上がっている。

煙ヶ谷は死んでいた。

外の風が冷たすぎたせいか、室内は生温かく感じられた。練炭が燃やされていたからかもしれない。空気には確かに何かが燃えたあとのような煙たさが残っていた。息を吸うと、喉の奥に人工甘味料のような不自然なざらつきを感じた。

「見てみろ」

九曜は再び言った。声は錆《さ》びた鉄のように重々しく響いた。

「お前にはこれが何に見える？　探偵ごっこの小道具か？　どうしてそうやって現実を物語みたいに捉えることができるんだ？」

彼女は何も答えなかった。両手で肩を抱いて立ちすくんでいた。髪の隙間から、血の気の引いたうなじが見えた。

「他人の死を弄《もてあそ》んで、そんなに楽しいか？」

やがてそのなで肩が震え始めた。

タイツを履いていない膝が、戦慄《おのの》くように鳴動した。とっさに玲人はその身体に手を伸ばした。その次の瞬間、深野は玲人の腕に崩れ落ちた。玲人は膝をついて深野の脇に腕を通した。猪突猛進《ちょとつもうしん》がモットーの女子高生の身体は、細く柔く頼りなかった。深野の荒く熱い息遣いを胸で感じる。

「……随分強引な教育手法ですね」

声に冷静さが消えるのが、自分でも分かった。

玲人は膝をついたまま、九曜を睨み上げた。

「彼女はまだ、十八歳の女の子ですよ？」

久しぶりに沸き上がる思いだった。多分それは、強引で理不尽な決めつけに対する憤りだった。誰かが誰かを勝手に評価するときに感じる違和感だった。彼女は、深野は決して、他者の死を弄んでいるわけではない。

「それに、友人が死んだばかりだ」と玲人は懸命に言葉を落ち着かせて言った。「突然の死に戸惑っているんです。動き続けることで、気を紛らわせている節がある。決して死を軽く見ているわけではない」

「だからと言って、探偵ごっこで遊ぶのは違う」

「行動のあとに気持ちが追い付くことだって、きっとあるでしょう」

「……いや」

「何ですか」

「こいつは死に酔ってるだけだ。死を呑みすぎたんだ」

玲人は「彼女は自己陶酔で探偵めいたことをしているわけではない」と反論しようとして、思いとどまった。九曜の表情から読み取れるのが怒りや呆《あき》れではなく、静かな憂いだったからだ。

「生徒の酔いを醒《さ》ますのは教師の仕事だ」

と、九曜は言った。

まずい酒を飲んだ後のような息苦しい溜息《ためいき》をついて続けた。

「事件を解決するのは警察の仕事であるように」

出て行け、という刑事の声は重く固かった。

肩を貸した深野の体はひどく軽かった。


両肩を支えて深野を寮まで連れて行くと管理人が目を丸くした。

「あずさちゃん？　どうしたの⁉」

スリッパを鳴らしながら駆けつける彼女の髪は真っ白に染まっていて、玲人は時間の経過を感じた。玲人が高校生の頃は、まだ黒髪が残っていた。

「ちょっといろいろあって。晩御飯、部屋に運んでもらってもいいですか」

「もちろん。まかせて」

この年代の女性の「まかせて」ほど安心するものはない。

頼りがいのある一言を受け取って、東堂とともに深野を二階へ運んだ。深野の部屋は簡素だった。机の前に稚拙な字で書かれた『死ぬまでにやりたいことリスト』を見つけた。それを文字で書いて机の前に貼っているあたり、彼女の人となりをよく表した部屋だと感じた。

残りは東堂に任せた。玲人は寮を出て職員室へと向かった。夜空には今日も月が浮かんでいる。白く細く美しく、気味が悪かった。

この学校で、この数日の間に二人死んだ。

それだけでも気が滅入るのに、二人とも自分の関係者だという点が、さらに玲人の気分を落ち込ませた。考えても詮無いことだ、と投げ捨てるにはあまりにも事態が重大すぎた。玲人はグラウンドを俯《うつむ》いて歩く自身の肩を見下ろしていた。

職員室の入り口には、果たして九曜がいた。コンビの若い刑事もいる。九曜は顎《あご》でしゃくって、無言で付いてくるように指示した。

着いた場所は以前九曜に事情聴取を受けた狭い会議室だった。冷え切っていた。部屋も、身も、おそらく心も。

「隠し事は無しにしましょうや」

九曜が言った。どすのきいた声だった。

「何も隠してませんし、これからも隠すつもりはありませんよ」

「なぜ煙ヶ谷さんは殺されたと思いますか」

単刀直入だった。

「自殺じゃないんですね」

「内側からテープが貼ってあった、だから自殺だ。警察はそう短絡的には考えないんですよ。

煙ヶ谷さんがあそこで自殺をする妥当な理由を考える。警察はね、人間を見るんですよ。常識的に考えて、あそこで煙ヶ谷という人間が自殺をするメリットはどこにもない。これは自殺に見立てた殺人だ」

自殺に見立てた殺人、と心の中で玲人は復唱した。その言葉は心の冷たさのためにかちこちに凍って、鼓動が一つ刻まれると簡単に砕けて割れた。

「私は容疑者なんですか」

玲人は白いテーブルをこつこつと弾《はじ》いた。これも冷たい音だった。頭がすっきりしない。

九曜は丁寧に対応した。優しいと言い換えてもよかったし、ビジネスライクと言い換えてもよかった。

「そうは言ってませんがね。煙ヶ谷さんと関わりのある人間は少ない。二つの事件にかかわりがある人物は、今のところ深野あずさ、田中京香さん、伊達遥君、それからあなただ」

「生徒たちはなぜ用具室に向かったんでしょう」

「話を聞く限り、興味本位だったようですな。中央棟の廊下から用具室の方で明かりが漏れているのが見えた。誰からともなく行ってみようという話になった。鉄製のドアを開けると内側からテープが貼られていたが、すぐに剝《は》がれた。テープは二枚の引き戸が合わさるところに封をするように貼られていた。そして、中からバリケードのように用具が並べてあった。破れた高跳びマット、動かないピッチングマシーンに壊れたハードル。そしてそれらを出すとその奥に死体があった。すぐに警察を呼んだ」

九曜は現場の状況について粛々と開示し始めた。

「用具室にはドアの他に窓もありません。屋根との隙間もないコンクリートの四角い箱だ。第一の殺人と同じように、ドアを目張りしなくても十分中毒になるでしょう。ドアの扉に貼られたテープは一般的な布テープで、同じ種類のものが用具室の棚にありました」

「煙ヶ谷さんは何か特別なものを持っていたんでしょうか？」

「いえ。ポケットに入っていたのは財布と名刺入れなど普通の品物です。財布の中にはお金もありました。その他、現場に怪しいものが落ちていたということもありません。例えば、遺稿の結末の原稿、なんてものがね」

　ごつごつした右手が差し出したのは、三枚の写真だった。一枚目は死体の全身写真。二枚目は用具室の入り口から室内の全容を写したもの、三枚目は用具室の前の地面の写真だ。

　死体は一昨日見たよりも、肌が白く人形のように見えた。用具室にはコンクリートがむき出しの地面、左手に砂を被った木の棚、右手に使わなくなった体操用マットがあった。玲人が高校生の頃と変わっていない。三枚目の地面の写真に、玲人は顔を近づけた。昨日の雨のために、浅い足跡が残っていた。さらに轍《わだち》も見える。滑り止めのついた二列の轍で、理事長の車いすのものだと分かった。しかし、靴も轍も複数の跡があるため、どれが誰のものかまで判断はできない。

　写真を見たまま、玲人は尋ねた。

「生徒たちは全員で警察を呼びに行ったんでしょうか」

「いえ、二人です。現場には田中京香さんと伊達遥君が残りました。だから室内に犯人がいた可能性はありません。そもそも、一酸化炭素が充満している室内に犯人は残りたがらんでしょうがね」

「おそらく、そうでしょうね」

「警察が現場に来るのとほぼ同時に、騒ぎを聞きつけて理事長が来ました。車いすを押していたのは柏原先生です」

「最初に理事長が来たんですか？」

「ええ。散策をしていたら警察が走って行ったので慌てて追いかけた、と説明していました。実際、彼は散策が日課のようですね。昨日も柏原先生を伴って、校舎を巡回する彼の様子が度々目撃されています」

遠くで甲高いクラクションが鳴り、玲人は無意識に時計に目を向けた。まもなく七時を指そうとしている。

「生徒たちはまだ帰れていないんですか」

「今は第一発見者の三人の生徒に事情を聞いています」

「三人？」

玲人は聞き返した。第一発見者は四人だったはずだ。

「伊達遥君だけ、少し遅れて現場に到着したということでした。トイレに行っていたようです」

結果的にそれはよかったのだろう、と玲人は思った。目の前で真っ先に死体を目にすることがなかったというだけではない。明日の共通テストのことを考えると、この時間まで拘束されなくて済んだのは幸運という他ない。

今度は九曜が尋ねてきた。

「普段用具室に行く際、生徒や教師は靴をどうしていましたか？」

「ほとんど行く機会はないので分かりませんが、まちまちでしょうね。昇降口に靴を取りにいく子もいたかもしれませんが、気にしない生徒はそのまま上靴で向かっていたでしょう」

「上靴は学校指定でしたね？」

「そうです」

ペンを走らせる若い刑事が、立ったままこくこくと頷いた。靴跡での犯人特定について検討したのだろう。しかしそもそも、靴跡だってはっきりと残っているわけではない。少し地面が緩かったというだけだから、ほんのわずかなへこみという程度のもので、そもそもそこから犯人を割り出すのはなかなか難しいのかもしれなかった。

「防犯カメラで、煙ヶ谷さんの足取りを辿《たど》ればいいんじゃないでしょうか」

玲人が提案すると、九曜は渋面を作った。

「北棟には各階に防犯カメラがありましたが、その他には昇降口、校門など限られた場所しか防犯カメラはありません。今追っていますが、こちらの線も難しいと言わざるを得ない」

玲人は頭の中で簡単に状況を整理してみた。

煙ヶ谷は今日の九時頃、玲人と別れてから司書室に向かった。その後、足取りが摑《つか》めない。おそらく十二時前後には用具室にいただろうと推測される。

その後、午後五時頃に京香を含む生徒が、用具室で煙ヶ谷を発見した。

「生徒の様子はどうだったんですか？」

「慌てて、焦って、そして少し高揚していました。まあ、高校生ならそんなものです。一人だけ、田中京香さんは落ち着いていました。じっと入り口から死体を見つめてね」

黙りこくった玲人をじっと見定めて、九曜はふいに息を吐いた。寄り添う優しい息の付き方だ。

「……まったく、子どもというのは難しいですなあ」

九曜が椅子に丸い背中を預ける。苦しそうにパイプが軋《きし》んだ。

「特に中高生はそうだ。言葉は通じている。考えも透けて見える。けど、何かが根本的にかみ合っていないように思う。なぜでしょうな？」

「さあ」

「職業柄ね、いろんな事件の犯人とはよく話すんです。多くは大人だ。彼らは狂ってる。頭がおかしい。けどね、話していると彼らなりの論理……考えの道筋が分かるんですよ。けど、十代は違う」

九曜は触りたくないものを無理やり取り出すように、目をどこかへやってぼさぼさの頭を掻《か》きむしった。

「数年前、一家心中で一人中学生が生き残った事件がありました。他の兄弟は殺され、母も殺され、犯人の父親は逃亡した。ニュースで見たことがあるでしょう？　さっき子どもに事情聴取をした時、その生き残った中学生と話したときのことを思いましたよ。会話ができていない、と」

ぼさぼさの髪の毛の何本かが、机上にひらひらと舞い落ちた。

「ここの生徒はみな優秀だ。語彙《ごい》も多い。けれど話している時、会話が成り立っていないような錯覚に陥る時がある。深い穴に声を投げかけているような、変に揺らいだ気持ちになる」

玲人は黙って目を閉じた。その気持ちはよく分かった。

それは、年を重ねるということをどう認識するかの問題なのだ。九曜は多分、年を経ることを蓄積だと考えている。知識、経験、技術、全てが年を重ねると熟練されていく。

しかし実はそうではないのだということに、玲人はこの数日で気が付いていた。年を重ねることは摩耗なのだ。いろいろなものが削られて、削《そ》がれて、消滅していく。

自分より小さきものと向き合っている認識で生徒と向き合うから、九曜の揺らぎは生まれる。本当は生徒は自分よりもっと大きく、偉大なのだろうと玲人は思うようになっていた。

「辻先生、もう探偵ごっこは止めた方がいい」

瞼《まぶた》の裏に、九曜の声が浮かび上がった。玲人はゆっくりと瞼を持ち上げた。九曜は鼻の穴を膨らませて長く息を吐いた。

「私には彼女があそこまで探偵に拘る理由は分からない。辻先生の言うように、行動で精神を保っているのかもしれない。しかしいずれにしても、健全じゃない。まさしく、本当に人が死んでいるんですよ、先生」

彼の言うことはおおむね正しかった。そして何より優しかった。先ほど深野あずさを叱咤《しった》した刑事が、ここまで優しい感情を抱けるものかと不思議に思った。

しかし彼のその優しさこそが、十代と相いれないのだろうとも思った。

「同じ言葉を彼女に投げてみます。けれど多分、届かないでしょう。私はその言葉を発する適切な人物たりえない」

玲人は席を立った。九曜も止めなかった。

「煙ヶ谷さんの事件はおそらくすぐに解決されます」

半身で振り返った玲人に続けた。

「ドアに貼られたテープに指紋がついていました。誰のものか照合すれば、数日中に事件は解決するでしょう」

玲人は誰もいない廊下を歩きながら、廊下を叩《たた》く自身の靴音に耳を傾けた。刑事の言葉の残像はそれでもなお、鼓膜に残り続けていた。

5

あずさが目を覚ました時、カーテンから入り込む日は既に高かった。遅刻だ、と慌てかけて、そういえば今日は土曜日だと思い出した。カーテンを開けると、校舎は静まり返っている。汗でシャツが背に張り付いていた。窓を貫通する冷気が、体をゆっくりと冷やしていく。

机の上には、昨日の晩管理人が持ってきてくれたうどんが出汁《だし》の中で沈んでいた。食べる気にはなれなかったが、管理人の心配げな表情を思い出すと、捨てるのも忍びなかった。レンジで温めなおし、汁をたらふく吸ってのびた麺《めん》を啜《すす》った。

出汁の香りを含んだ湯気が眼鏡を曇らせる。ほろ苦い出汁の香りは、昨日の光景をフラッシュバックさせた。部屋に残る煙たい香り、男の虚ろな目、伸びきった肢体。もう麺が啜れなくなる。口に手を当て、吐くのだけは堪えた。

頭の映像を無理に切り替えようと躍起になっていると、ふと何かが引っかかったのに気づいた。昨日のあれ、どこかで一度――。

部屋がノックされた。管理人の声がした。

「東堂先生と辻先生がお見えだけど、どうする？」

「え、あ、えっと」時計を見て、数本麵の残る丼《どんぶり》を見て、姿見に映る自身のパジャマ姿を見た。

「すぐに玄関に行きます！」

あずさは制服を一分で着て、歯磨きを一分で済ませ、髪を五分かけてとかした。寮の入り口にあるこじんまりしたロビーの二人がけのソファには、辻と東堂が並んで座っていた。

「おはよう。体調はどう？」

東堂が心配げな顔であずさを迎えた。あずさはどういう表情を作ればいいのか分からず、結局へらりと笑うことしかできなかった。眼鏡がずれて、随分間の抜けた笑みになったのが分かった。

「昨日はすみませんでした。なんか、力が抜けちゃって」

嘘ではない。どうしてだか、一向に筋肉が働かなくなったのだ。刑事の言葉が胸をえぐって、肺が細胞に酸素を送るのを拒絶したようだった。何がそんなに刺さったのか、自分でも分からない。

思い出せるのは、脱力した頭の上で辻が何やら反論してくれていることだけだ。それと、辻のスーツの奥に潜んだ煙草の香り。

「煙ヶ谷さんの死体のあった用具室のガムテープから、誰かの指紋が発見されたらしい」

辻はまっすぐあずさを見た。「被害者のものとは違う指紋だ。警察は昨日の事件を殺人だと判断してる。指紋が見つかった以上、もうすぐ事件は解決する公算が大きい」

朝早くから来たのはそれが理由だとすぐに悟った。辻が言いたいことも分かった。「もうすぐ警察が事件を解決する。それを待つのか、それとも最後まで探偵としてあがくのか選べ」、そういうことだろう。

あずさを見る辻の目は不思議な雰囲気を漂わせていた。教師がよくする一方通行の視線ではなく、かといって生徒の出方を探る弱々しいものでもなかった。夜の月のように、ただそこに瞳があった。目に見えない月光が、あずさに降り注いでいた。

完全に目が覚めた。

「調べます」

あずさは言った。「私は探偵なので」

ふ、と辻がうっすらと笑った。苦笑以外の笑みを見るのは初めてかもしれなかった。

辻は用意していた言葉を並べた。昨日の用具室の状況、内側からテープが貼られていたこと、第一発見者の京香の様子。

最後に、写真を一枚差し出した。

「用具室の周辺の状況で、唯一手元にある写真はこれだ。気づくことがあるかもしれないと言って、刑事から借りた」

用具室の前の地面を撮った写真だった。警察がこの場所を撮影した理由はすぐに分かった。

土の地面が湿っていて、足跡がいくつもついている。しかし多すぎて、何人分かは分からない。轍が何本もついていたが、これはおそらく二種類だった。一つは自転車の車輪ほどの太さのもので、タイヤの滑り止めの溝の跡までくっきり残っている。その近くにも同じ太さの轍があってしかしこちらには滑り止めの跡がない。いずれにしても、太さからこれらはおそらく理事長の車いすのものだろう、と分かる。しかしもう一つ、自転車よりも太い轍が何なのか分からなかった。

「これは何の車輪なんでしょう?」

「多分、高跳びマットを置いていた台車のものだよ」

東堂が横から覗き込んできた。「轍でいうと……三種類あるね」

「二種類ですよ。車いすの轍のうち、タイヤの滑り止めの溝の跡が付いてるのとそうでないのがあるんですよ」

「あ、なるほど」

「それで。これからどうする?」

辻があずさに尋ねた。探偵を続けると言ったものの、昨日のことを考えると現場に入れてくれる可能性は低そうだった。この写真一枚で何が分かるとも思えない。

「昨日の第一発見者の生徒って、今日も学校に来てるんじゃないですかね?」

辻は苦笑して首を横に振った。「今日は土曜日だ。しかも共通テストだよ」

あ、と声が漏れた。そんなことも忘れていたのだ。今この瞬間、日本全国、同世代の若者が必死に問題を解いているのだと思うと、不思議な気持ちになる。そんな中、探偵を自称する自分。

自分が特別で誇らしい、とは思わなかった。逆に、浮いていて恥ずかしい、とも思わなかった。

思う前に、ただ行動あるのみ、だ。

「なら、理事長の話を聞きたいです。だって、この写真を見る限り、理事長も現場に行っているでしょう?」

「ああ。理事長室に行ってみるか」

空は快晴だったが、寒風が吹き荒れていた。一歩目で、制服だけで外に出たことを後悔した。自然と歩みが速まる。

「夕方から雪が降るらしいよ」

オールバックできっちり後ろでまとめた東堂の髪も風で乱れていた。校舎から電柱に伸びる電線がゴムのようにたわんでいる。

「それまでに終わるといいね」

東堂が言ったのは、多分共通テストのことだろう。しかし、あずさにはこの事件の結末について言っているように思えてならなかった。指紋を照合するのに、いったいどれほどかかるのか分からない。関係者の指紋を集めて、調べるのに、急げば一日もあればできるのではないだろうか。

警察が先に犯人を見つけて、それで果たして深野あずさは探偵になったと言えるのだろうか?

ドアの漆黒の隙間を埋めるように貼られた、純白のテープ。その中にあるのは、一つの死体だった。たった一つ、もの言わぬ肉体。しかしそれは、雄弁だった。あずさの行く道をはっきりと示していた。

歩幅が広くなったのは、寒さのせいばかりではない。

校舎は土曜日のためか、暖房は付いていなかった。冷たい廊下に響く足音はいかにも、焦燥をかきたてた。

「別に土曜だし制服じゃなくてもよかったのに」

と、東堂が言った。柔らかい口調は、あずさの歩みを緩めた。「部活も終わった三年生で土日に制服着てる子なんて、もういないよ」

「だからこそです。もう着られなくなるんだから、土日でもなんでも、絶対に制服を着るようにしてるんです。そんな三年生、私くらいですけど」

理事長室からは明かりが漏れていた。ノックすると、「入ってください」と、低い返事があった。

室内はほんのりと温かかった。理事長の顔色は昨日よりもさらに土気色で、頰は力なく垂れ下がっていた。

「どうかしましたか」

と、彼はそれでも声には精いっぱいの張りを出した。

「昨日、理事長は警察とほぼ同時に、用具室に行かれましたよね？　何か気が付いたことはありましたか？」

焦りは婉曲的《えんきょくてき》な表現を遠ざけた。そのためか、理事長の顔には珍しく不快感が滲んだ。

「特になかったですよ」

返答は思った以上にそっけなかった。あまりにも突っ走りすぎたことを、あずさは後悔した。これでは二の句が継げない。

「ちなみに理事長は」

口ごもるあずさの背中から、辻が淡々と尋ねた。「煙ヶ谷さんとはお話しされましたか?」

「いえ、話していないです」

「ご面識もないんですね」

「出版社の人間は苦手なものでね」

そうですか、と辻は静かに言った。慌てない語調で、その音があずさのフルスロットルのエンジンを冷ました。尋ねるべき事柄が自然と浮かんでくる。

「理事長が用具室に到着したとき、用具室の前に生徒は何人いたんですか?」

「四人、だったと思いますが。何しろもう薄闇が広がっていました」

「地面は見ましたか?」

「地面? ……ああ、足跡ですね。残念ですが、そこも見られていません」

「理事長はそもそも、なぜ用具室に向かったんですか?」

「柏原先生と校内を散策していましてね。警察が急いでどこかに向かっているので、それを追ったまでです」

なおも続けようとするあずさを、理事長は大きな咳払いで遮った。こめかみを押さえ、ぎゅっと目を閉じる。

「……こうも立て続けに事が起こると、さすがにしんどい。申し訳ありませんが、少し休ませてください。これから警察にも呼ばれているのでね」

「でも……」

辻があずさの肩に手を置いた。首筋に触れたその冷たさで、またしてもあずさは自分が熱くなりすぎていることを知った。

「失礼しました」

あずさは頭を下げて、部屋を辞した。分厚いドアを閉める前に、一度部屋を見回した。なんだか、一昨日と違いやけに調和が取れているように思えたのだ。存在感を放ちすぎる部屋の主が疲れ切って、初めてこの簡素な部屋はすべてが調和するということなのかもしれなかった。力なく頭を下げる怪物は、暗い瞳であずさをじっと見つめ続けていた。


時刻は正午を三分回ったところだった。

あずさは躊躇《ためら》いながらも、覚悟を決めてスマートフォンのボタンを押した。あずさ、東堂、辻の三人しかいない教室に、スピーカーにしたスマートフォンのコール音が空しく繰り返される。

二分ほど粘って諦めかけたとき、電話がつながった。

「どうした、あずさ」

京香のハスキーな声は、あずさを安堵させた。今回の事件、あまりにも手掛かりがない。第一発見者の京香を頼るしか方法がなかったのだ。

「今、大丈夫?」

「大丈夫か大丈夫じゃないかで言うと、大丈夫じゃない。ねえ、あずさ。実はわたし、今日は共テなんだ。ま、受ける意味があるのかはよく分かんないけど」

いつもの言い草で、あずさはほっとした。何だかわけもなく、泣きそうになる。

「昨日のこと?」

京香は水を向けてくれる。背後がざわざわと騒がしかった。テストはちょうど昼食時のはずだ。つかの間の休息と、張り詰めた緊張の中で友人は電話を取ってくれたのだ。

「そうなんだよね。京香の昨日の動きを教えてほしいの」

「警察に答えたんだけどどな。探偵がいると、こうして二回説明しないといけなくなるんだなあ」

京香は一呼吸分の間をおいて話し始めた。

「昨日の夕方五時くらい、わたしは中央棟のあたりをぶらぶらと歩いてたんだ。とくに理由はないよ。早く帰りすぎても、両親がそわそわしてて居心地悪いから。大学はどこに行ってもいい、とか言いながら、実は内心で国立行ってほしいって思ってんだ、あの人たち。

で、ふいに三人と合流した。伊達と、あと二人はわたしが一年の時同じクラスだった女友達だよ。あずさは話したことないかも。いつもみたいに伊達がへらへら絡んできたから、張っ倒してやろうと思ったよ。眼鏡もかけてなかったし、ちょうどよかった。で、手に力をこめたら、ふいに一人が言うわけ。『あれ、用具室に電気がついてるよ』って」

京香がスマートフォンを置く音がした。カラカラと音がしたのは、多分ペットボトルのキャップの音だろう。

「で、例によって誰かが『ちょっと見に行こう』って言いだしたの。『誰がいるか気になるじゃん』って。気にならねえよ、別に。でもさ、女子同士の付き合いもあるだろ？　だから仕方なく行く事になったわけ。で、途中で伊達がトイレに行ったから、三人で用具室に行った。ドアに近づいたけど、やけに静かでさ。ドアを開けたら、内側に貼られていたテープが剝がれた。バリケードみたいにガラクタがたくさん置かれてて、その奥に人がいるように見えた。だから慌ててガラクタを用具室の外に引っ張り出して、そして――」

その後は、何も言わなかった。もちろん、そして、死体を見つけたのだ。

「警察を連れてくるように言ったのは、京香なの？」

「そうだよ。遅れてきた伊達がびびってかちかちに固まってた。固めた髪も体も眼鏡も、ぱっきぱきに割れそうなくらい微動だにしてなかった。指でつついても倒れたかもしんない」

「警察はすぐに来た？」

「どうだったかな。三分くらい……いや、五分くらいかな」

「その間は何も動かしてないの？」

「なにもしてない。寒かった」

「京香は……」

自分が今から聞くことは、多分事件に関係のないことだと分かっていた。しかし、聞かずにはいられなかった。

「死体を見て、どう思った？」

京香にしては珍しく、言葉を探しあぐねているようだった。やがて、ぽつりと言った。

「死んでるな、と思ったよ」

京香の声は深い穴から響くように、厚みがあった。冷淡とさえ言えた。

「救命措置を取らないといけないかも、と思ってその身体を見やって、でも駄目だろうな、って分かった。わたし、家が寺だからさ。葬式の手伝いにも行くんだよね。だから、死体は何度も見たことがある。知ってる？　死体って、独特の存在感があるんだ。不思議だよな。もう死んでるのに存在感があるなんて。用具室に横たわる体は、死体特有の存在感があった。だから、『ああ死んでるな』って思った」

死体特有の存在感。それはいったいどんなものなのだろう？　だが、多分それは秀才の京香であっても言葉にはできないような気がした。

「ごめん、うまく伝えられなくて」

あずさの沈黙を否定的に捉えたらしく、京香は謝罪の言葉を口にした。

「会って話したら、もう少しうまく伝えられると思うんだけど。文化交流の時も嫌ってほど感じたけど、やっぱり直接会って、肌で感じるところってあるよな。今あずさがどんな顔で、どんな雰囲気なのか、うまく把握できてないのがもどかしいよ」

京香の声色は周囲の喧騒ではっきりしない。しかし、あずさのことを心配してくれているのがよく分かった。会いたい、と思った。

泣きそうになった。

堪えるために、言葉を発した。

「ありがとう。テスト頑張って」

「おう、また月曜日に会おう」

電話はあっけなく切れた。

静かな教室に、京香の声は確かな余韻をもって残っていた。また月曜日に会おう。会いたい、と切に思う。京香に会って、あの小さな体を見下ろしながら、強く覇気のある生の声をぶつけられたい。京香は大好きないちごミルクを啜っていて、甘い香りを漂わせながら伊達に毒づくのだ。

「何か分かった？」

東堂の言葉で現実に引き戻された。

「全然、何も分かんないです。分かったのは――」

京香と会いたいってことだけ、と言いかけて、ふと気が付いた。

それは最初はただの違和感で、手繰り寄せるとその姿は違和感と呼ぶには大きすぎた。違和感というより、疑念だ。疑っていくと、さらにその全貌が見えてきた。あずさはしっかりとその黒い影を手中に収めた。

――一人、嘘をついている。

「深野、どこにいくの!?」

「……ちょっと歩きながら考えます」

あずさは教室を出て、廊下をまっすぐに歩いた。

6

「……ほんと、そっくりだよね」

教室を出て行く深野を見送り、東堂が呟いた。その砕けた調子で、体育教師としてではなく一人の友人として玲人に話しかけようとしているのだと分かった。

「深野は沙奈枝とそっくりだよ」

ずっとそう言いたかったのだろう。東堂はおずおずと窺《うかが》うように玲人を見上げた。玲人は意思を含んだ視線を、しっかりと受け止めた。垢《あか》ぬけた表情の作り方と柔らかな目の色は、八年の歳月を感じさせた。

玲人が視線を受け止めたからだろう。東堂はほっとしたように語り始めた。

「沙奈枝もあんな風に行動派だったよね。直感的で、しかもその感覚が鋭くてさ。疑問に思ったことはすぐに先生に聞いたし、特定の友達グループにも属さずに独立国みたいな雰囲気を発してた。高一の時、夏期講習の合宿の部屋割で揉《も》めたの覚えてる?」

「何かあったかな」

「ほら、部屋割で仲の悪い二人が一緒になっちゃってさ。違う部屋だった沙奈枝がなぜか無理やりその部屋に泊まり込んで。それで、朝には仲が悪かった二人は親友になってんだもん。あれ、沙奈枝が揉めてる二人の間に強引に入って、一晩中ひたすら大富豪しながら仲裁したんだよ」

大富豪で仲直りって、今思うと意味分かんないよね、と東堂はちろりと舌を出して、

「……ずっと憧れてた」

と低く呟いた。

八年前に視線を向けた彼女の目に光は無かった。

玲人は言うべき言葉を探したが、うまく見つけられなかった。そもそも探そうとしていたかどうかさえ、分からない。

だからさ、と東堂は教師の顔に戻った。思い出からすぐに戻ってこられる。大人になるとはそういうことだろう。

「深野を玲人が助けてあげてるのを知って、少しうれしかった。玲人も沙奈枝のことを想ってるんだって。だからこうして、助手として支えてあげてるんでしょう?」

「どうだっただろう」

曖昧《あいまい》な言葉で流そうとして、しかしうまく感情は流れ切らなかった。

言葉が胸でひと摑み分、つっかえている。

言わないとどうにも心が落ち着かない。仕方なく玲人は言葉に出すことにした。

「……俺はどちらかというと、深野に自分を重ねてたんだと思うよ」

急な出来事で友人を失った高校生。

その点で、深野あずさと玲人は同じだった。

しかし、呆然《ぼうぜん》と何もできないまま卒業を迎えた自分に対し、深野は何かをしようと懸命にもがいていた。もちろん、彼女がどういう感情を辿って「探偵になる」という結論にいたったたの

かは分からない。間違いないのは、彼女は必死にどこかへ進もうとしているということだ。

高校生の頃の自分には到底できなかったことだ。

「もがく深野を見捨てるのは忍びなかった。……いや、もしかしたら、深野を通して自分の高校時代をやり直してるつもりだったのかもしれない」

言いながら情けなくなる。

そこには人間としての優しさも教師としての誇りも何もなかった。あるのは枯れた井戸の底に残った平凡な後悔だけだ。

「それもまた優しさだと思うな」

東堂は後ろ髪を引かれるように、粘り強く話を続ける。話をどこに持っていこうとしているのか、おおよその見当はついていた。沙奈枝の死と、その後のいざこざ、そしてできた友人としての距離。八年越しに、その距離を埋めようとしているのだ。「あの時は変に距離を置いてごめん。玲人のせいで沙奈枝が自殺したなんて、信じたわけじゃないけど、混乱しちゃってさ」、そんな風に言うことは簡単だろう。しかし東堂はその道を選ばなかった。その言葉は八年の歳月を飛び越える橋にはなりえないことを、真面目な彼女はよく知っていた。

その真面目な彼女が、自分を切り捨てたという事実を改めて思い返すと、胸に冷たいものが広がった。冷たい感情は、冷たいまま喉を通って口からあふれ出した。

「俺は優しくなんてないよ」

「でも——」

「沙奈枝を殺したのは、俺だから」

教室の空気が凍った。

教卓も黒板消しもロッカーも、一分の隙もなく凍《い》てついた。もちろん、玲人も東堂も。

しばらく経って、霧氷の張り付いた空間を温めるように、東堂はほうっと細く温かい息を吐いた。

「……あれは自殺だよ？」

玲人も息を吐いた。対照的に、冷たい空気だった。

「あの日の前日、沙奈枝に用具室に呼び出されたんだ」

「用具室に？　どうして？」

「沙奈枝に呼び出されたのは初めてだった。俺が行くと、沙奈枝は単刀直入に切り出した」

「なんて？」

「『玲人、あたしとセックスしようよ』って」

「……」

「『避妊もしなくていい』って、そう言った」

その光景は思い起こそうとすると、なぜか靄《もや》がかかったように輪郭が朧げになる。彼女の大きな目は驚くほど大人びていた。大人びているというより、その視線は絡みつくようで、粘着質で、執拗《しつよう》だった。あまりにも人間味を帯びていた。鼻孔に入り込む石灰と、ほこりの匂い。

本来男子高校生なら喜ぶべき事態だった。実際、健全な喜びもあった。しかし、その熱以上に玲人の胸に沸き上がったのは冷たい恐怖だった。

それで、と東堂は丁寧に先を促した。まるで笹《ささ》でできた船を川に流すように、そっと。

「玲人はどうしたの？」

玲人は夏の香りの残る用具室の中で言葉を探しながら、あまりの手応《てごた》えの無さに驚いた。これまで数えきれないほど本を読んできた。だから玲人の体内には数え切れない言葉があるはずだった。しかし、探せど探せど、何も見つからない。

言葉は玲人の中にある。

しかし、住み着いていなかった。

玲人の顎から汗が用具室の床に零《こぼ》れ落ちた。望む沙奈枝の目は濡《ぬ》れていた。傾いた西日がドアの隙間からオレンジ色の線を描いた。埃《ほこり》がきらきらと輝いて舞った。

「玲人？」

「……結局、俺は断ったんだ」

「何て言ったの？」

「『沙奈枝を大事にしたいから、今はできない』」

それは確かに玲人の言葉だった。

玲人が何とかひねり出し、玲人の喉を震わせて出た言葉だった。玲人の知識を総動員して、心の汗をかいて練り上げた代物だ。

そしてもちろん、それは言葉でしかなかった。

背景に肉体的な積み重ねも、具体的な経験も持たない、陳腐な代物だった。時間をかけたわりには、丁寧でも無かった。丁寧でもないし、真摯《しんし》でもなかった。空っぽだ。空砲。誰も貫かない。

読書のあとに世界が変わって見えた、それは本当にそう見えただけだったのだ。足踏みをして、景色が流れただけだ。それから得られる言葉は、言葉でしかなかった。誰も、何も動かさない。

それを告げられた沙奈枝は、一度俯き、少しして顔を上げた。その時の瞳にはもう、強い光は無かった。乾いた砂漠のような茫漠《ぼうばく》とした平野が広がっていた。

玲人の言葉に力は無かった。

翌日、沙奈枝は自殺した。

「……別に、玲人が原因じゃないでしょ」

「俺はそうは思わなかった。あの時彼女の望みに従っていれば、と何度も思った。少なくともあの時、沙奈枝が望んでいたのは言葉ではなく行為だった」

その後、学内で流れた玲人への誹謗《ひぼう》中傷も玲人は気にならなかった。それがやはり言葉だったからだ。玲人が沙奈枝に言葉を届けることができなかったように、その言葉もまた玲人には届かなかった。

しかし「何もしない」という東堂の行為は、玲人をひどく傷つけた。彼女もまたあの突拍子もない噂を信じている、と玲人は思った。切り捨てられた、と玲人は感じた。

そして今もなお、その傷が残っている。こうして話すことで、東堂を動揺させようとしている自分は確かにいた。こうしてあの日のことを語るのは、ある種の意趣返しに違いなかった。

「だから俺は、優しくなんてないよ」

東堂はぐっと床を睨みつけていた。言葉を探していた。やがて、横目で玲人を見上げて、ほんの小さな笑みを浮かべた。

すぐ近くでないと見落としてしまうほど小さな、野花のような笑みだった。

「それは玲人の思い込みだよ。玲人は優しい。絶対に」

「ありがとう。けれど——」

「少なくとも私は、玲人の言葉で救われたことがあるもん」

彼女の声は静かで、しかし底は固かった。

「玲人は覚えてないだろうけど。高二の時、陸上でスランプになったことがあってさ。その時、玲人は『シーシュポスの神話』について話してくれた」

昔読んだフランスの作家の本だった。ほとんど覚えていない。少なくとも、陸上でスランプになった女子高生に話す内容ではなかっただろう。高校生の自分の思い上がりによるものだったに違いなかった。分かった気になって何も分かっていない。そんなことは山ほどある年代だった。

「シーシュポスは大きな岩を山頂に持ちあげる。山頂についたとたんにその岩が転がり落ちることを知りながら、何度も何度も。結末が分かってるのにそれでも続ける不条理を、どうとらえればいいのか。まあ、そんな話」

簡単に説明を加えてから、「思い出した?」と彼女は眉を上げて尋ねた。玲人はバツが悪くなって視線を彼女から窓の外に逃がした。

「玲人はそれを話してから私に言ったよ。『どうせインターハイで優勝できるわけでもないのになんで練習するんだって気にもなるけど、でも実は結果じゃなくて過程も大事なんじゃないかと思う』って」

結果じゃなくて、過程。

探偵ごっこを支援している今の身からは、縁遠い言葉に思えた。少なくとも探偵は解決という結果を見つけなければ、物語を終わらせることができない。

「『延々と続く理不尽な過程を過程でしかないと悩む瞬間があって、けどその苦しみに喜びを発見する瞬間も確かにあって、それが人生だと思う』って。私はずっと引っかかってたことを綺麗《きれい》に表してくれたから、すごいすっきりしたんだ。ああ、人生って過程なんだって」

赤面ものだった。平凡な高校生が何を根拠に人生を語れるというのだろう。

玲人は肩をすくめた。

「それもきっと、ほとんど本の受け売りだよ。偉い人が言った偉い言葉だから、東堂にも響いたんだ」

「そうかな？」

「言葉は適切な人間が言って初めて届けられる。理事長が保護者説明会で放った言葉も、理事長が言うからみんなに届いた」

なら、と東堂ははにかんだ。

はっとする笑みだった。

「わたしにとって、玲人は適切な人だったたってことだ」

「……」

「だって、わたしには玲人が言ったその言葉が届いたんだから」

東堂の恥じたような微笑みは、冷え切った教室に温みを連れてきた。優しい温度だった。部屋の温度を上げられる微笑みをもつ人間など、そうはいない。彼女は真面目だ。他者をごまかさないし、同時に自分もごまかさない。

深野の様子を見てくるね、と逃げるように彼女は開け放たれたドアに向かった。

7

考えろ、とあずさはもう何度目かも分からない叱咤を自分に浴びせた。考えろ、考えろ。もっと深く、もっと広く。

あの人はきっと、嘘をついている。

そして多分、それは今回の殺人にかかわっていることを示唆しているに違いなかった。問題は、その先だ。だとして、あの人はどうやって殺したのか。そしてどうやって密室を作ったのか。

少し待てば、警察が解決するのかもしれない。しかし、自分は探偵なのだ。探偵が考えたにもかかわらず、警察が先に犯人を見つけました、そんな結末では到底探偵になったということはできない。胸を張って夢を叶《かな》えたと言えない。

西棟を出て、教室棟を足早に通り過ぎ、中央棟で地団太を踏んで、また西棟に帰ってくる。もう何周もその道のりを歩んでいる。

廊下の角で人とぶつかったのは、仕方のないことだった。あまりにも集中していたため、人が来るのに気が付かなかったのだ。ぶつかった拍子に眼鏡が落ちた。

「大丈夫？」

東堂は慌てて手を差し伸べてきた。温かい手だった。

「何か分かった？」

「……いいえ」

「そっか」

自然と並んで歩くことになった。図書室を通り過ぎ、教室棟へ左に折れた。右手に慣れ親しんだ教室が並ぶ。

「田中はお寺が実家なんだね。悟ってる雰囲気あるのは、そのためか」

東堂は何気ない口調で話しかけてくる。あずさも一度考えるのは止めにすることにした。同じところをぐるぐる回っているのは、体ばかりではなかった。思考もまた同じ道を何度も行き来していたのだ。

「実家が大きいって聞いたことはありました。あの泰然自若な態度は、仏教のせいだったんですね」

「だとしても、すごいけどね。死体を見て冷静に警察を呼べるなんて。わたしならまず逃げるか隠れるかしてやり過ごそうとすると思う」

「教師が逃げちゃダメでしょ」

言ってから、そうではないな、と思った。東堂のいいところは、逃げるところだ。きちんと弱みを見せる。自分にできないことをできる虚勢を張らないし、等身大の自分で生徒に接してくれる。「わたしは真面目だけどドジだから」と苦笑いできる東堂が、みんな好きなのだ。

「高校生のわたしなら、絶対に隠れてる。……第一発見者なんて、いいことないもんね」

「まあ、京香ですからね。死体発見後の処置も完璧《かんぺき》なんじゃないですか？　警察をすぐに呼んで、その間現場を保存する。しかも、一人で待っていたわけじゃない」

でもその的確な行動のせいで、密室ができあがってしまった。もし誰かが中に隠れていたらその人が犯人なのだけど、とあずさは唇を噛《か》んで言った。

「でも、室内で練炭燃やしておいて、自分も室内にいるのはないでしょ」

「犯人が相当テンパってたらあるかもしれないですよ？」

ふいに、東堂が立ち止まった。視線が遠くにある。何かに思いを巡らす淡い口調で尋ねてきた。

「……ねえ、深野。今日は共通テストだね」

「え、はい」

「追試験ってさあ？」

「はい？」

「どうやったら追試験って、受けられるんだろう？」

「共通テストのですか？　さあ……インフルエンザとかそういう特別な事情があったらいけるんじゃないかと。でも、問題は難化するし、そもそも追試験会場も日本で数か所だったような。だから体調不良でも本試験に行けって言ってる先生もいましたけど」

東堂はあずさの言葉に頷いた。そして、窓の外に目をやったまま、ある事柄について憶測を語った。証拠もない。ただの東堂の考えだった。東堂だからこその考えだったと言ってもよかった。

そしてそれこそが、あずさの求めていたピースだった。

だから、密室だったのだ。

「わたしの話は推測だけど……深野は全部分かったの？」

東堂が何かを察して、そっと尋ねた。

ええ、とあずさは首肯した。

「犯人も？」

「ええ」

「トリックも？」

「はい。……これでもう――」

あずさは言葉を飲み込んだ。言いかけた言葉は、遺稿の探偵のセリフと同じだと気づいたのだ。

幕間三　小説家がさよならを告げるまで

　辻がコーヒーのおかわりを注文した。今度はブレンドではなくアメリカンコーヒーだった。他に注文するものはないか、と久宝寺は尋ねた。辻はアクリルスタンドのメニュー表を目を細めて眺めた。そして「ありがとうございます、甘いものは苦手なので大丈夫です」と丁寧に断った。

「ずっと聞きたかったんですけど」

　久宝寺が生じさせた不自然な間を埋めるように、辻は当たり障りのない質問を投げてきた。

「小説を書くときはどういう風に書くんですか？　つまり、技術的なところではなく、どういう風に思いつくのか、ということですけれど」

　小説家が何度も聞かれる質問で、考えずとも答えられるようになっていた。

「難しいことじゃない。日記と同じだ」

「日記？」

「毎日こつこつ思ったことを書けばいい」

「じゃあ、日記を書いていればいいんじゃないですか？」

「日記で表現できるものは少ない」

「確かに。小説は登場人物も多いですもんね。登場人物って、どうやって考えるんです？」

「モデルがいる時もある。しかし、仮にいたとしてもそのままでは書かんよ。性別を変えたり、性格を変えたり、容姿や年齢も変える。複数人の要素を一人に入れることもある。モデルの名前から文字を借りることもある」

辻は運ばれてきたコーヒーの湯気の向こうで言った。これも誰もが小説家に言う言葉だ。

「ゼロから一を作るのは難しいんでしょうね」

みながそう言う。クリエイターの中でもそう言う人種がいる。否定はしない。しかし、腑に落ちない言葉の一つだった。

「この世界にゼロなんてない」

久宝寺は力を込めて言った。「言葉は積み重ねられ、主に文字として残されてきた。小説家はそうした積み上げを、自分の世代でさらに積み重ねているだけだ。ゼロから一を作るというより、一兆にコンマ一を足す作業に等しい。言葉がある以上、世界はゼロであったためしが無いんだよ」

辻がコーヒーカップに無言で口をつけた。その感情のない瞳を見ると、説教臭くなってしまった、と反省しないではいられなかった。自分が死ぬと分かってから、一層言葉が冗長になっていることに久宝寺は気づいていた。

死は怖くない。しかし、死によって今までの自分が揺らぐのは怖かった。

「……先生を責めているわけじゃないんです」

ふいに辻がそう言った。久宝寺に横顔を見せて、窓の外に視線を持ち上げた。しとしとと落ちる雨を数えるような静かな沈黙があった。

「先生は沙奈枝の相談をいつも受けていた。だからきっと、先生は自分が沙奈枝を救えなかったと責めているんでしょう。もっと救える言葉があったんだ、それを自分が選べなかったんだ、と」

降りしきる秋の雨は細く、いかにも冷たそうだった。路地を通る傘の色はまるでチョコレートの包装のように鮮やかだった。

「でも多分、そうじゃないと思いますよ」

と辻は言った。

「沙奈枝はこれまで小説や詩や映画やそういうものをたくさん読んで、見ていました。よき読者であり観客だったと思います。全ての言葉を素直に受け入れ、あるいは検討し、丁寧に自分の中に取り込んでいきました。けれどそれらは、沙奈枝を掬い上げられなかった。沙奈枝が首をくるとき、偉大な言葉たちは沙奈枝の手をロープから離させることができなかった。言葉ではどうしようもないものを、沙奈枝は抱えていたんだと思います」

そもそも救いとは何なのか誰にも分かりませんけれど、と辻は自分に言い聞かせるように苦い唇の上で言った。

救いとは何か、と久宝寺も思った。しかしそれに答えがないことは十分知っていた。生を救いとする短絡的な立ち位置も、死を救いという厭世《えんせい》的な立ち位置も、久宝寺は取りたくなかった。久宝寺が立ちたいのは、自分はあれほど死を描いてきたのに沙奈枝という一つの命を死から遠ざけることができなかった、という事実の上だった。

そしてそれはそのまま、今後あの高校で失われるであろう二つの命へと思考をつなげた。まだ全容が見えない殺人事件の計画、それからあの子たちを遠ざけるにはいったいどうすればいいのか。

本題を告げるべき時だった。

「なあ、一つ頼みがあるんだ」

「できることなら」

「俺はもうすぐ死ぬ。その後、後任としてうちの高校で勤めてくれないか？」

玲人はコーヒーカップを口に運ぶ手を止めた。逡巡《しゅんじゅん》して、一度コーヒーを啜《すす》ることを選んだ。喉を潤してから、戸惑ったように何度か目を瞬かせた。

「どうして、僕に？　教師の経験はないですよ」

「頼みたいと思ったからだ」

久宝寺はありのままの気持ちを口に出した。しかし、殺人事件の話をするのは控えた。あまりにも突拍子もないことを口にしても、彼は申し出を受け入れてくれないだろうと思ったのだ。

それ以上に思うことがあった。

それは玲人と話す中で沸き上がった感情だった。言葉とはなにか。小説とはなにか。ミステリーとは、死とは、救いとは。

思いついていたことではあった。しかし、同時に諦めていた。もう時間がない、と。

しかし、と思い直したのだ。教え子に全てを丸投げして、それで教師と言えるだろうか？
自分は小説家だ。同時に教師でもあるのだった。そういう人生を歩むことを自ら選んだのだ。

人生。間もなく結末を迎える、自分の人生。

言葉を紡ぐ。人々を動かす。それ以外に自分ができることはない。
小説を書こう、と久宝寺は思った。

四　解決篇

三年三組の教室の窓際に立ち、あずさは晴れ渡った青い空を見上げた。夜から荒れるという天気予報が嘘みたいだ。息を吸うと肺までその色に染まってしまいそうなほど、美しい青だった。

教室にはあずさの他に、辻と東堂、それから九曜とその部下がいた。中年の刑事は昨日あずさの腕を強引に引っ張ったことについて、思うところがあるらしかった。つい先ほど、ふらりと廊下に現れたかと思うと、「腕は痛まないか」とぼそりと尋ねてきたのだ。警察として市民の腕を強く摑《つか》んだことを恥じているというよりは、大人が腕力を使って子どもに痛い思いをさせたことを気に病んでいるようだった。その時あずさを探しに辻が現れ、このようなメンバーとなったのだ。

さて、とあずさは窓から視線を戻した。一人一人の顔を見やって、どくんと一度鼓動が高鳴った。ブレザーの袖《そで》を握る手に力を込める。思考は整理した。正念場はここだった。自分が探偵となったと納得できるかどうかは、この解決篇で決まるのだった。

「今回、二つの事件がありましたけど、私は多分、辻褄《つじつま》の合う説明を見つけました」

あずさはわざと演技がかった口調でそう語った。東堂は目じりを指で揉《も》んで、九曜は奥歯を深く嚙《か》んだ。若い刑事は興味をそそられたようだった。辻は何も変わらない。右手は親指だけを出してポケットにしまわれていた。

「まず疑問点を整理しましょう。第一の事件の大きな疑問点は一つです。犯人は防犯カメラに映らずに、どうやって北棟の東側に入れたのか。廊下などの通常のルートを通って現場に行くには、どうしても防犯カメラに映ることになりますが、そこには何も映っていなかった」

五秒ほど間を置いたが、探偵然としたあずさの説明を皆が見守ってくれていた。辻と東堂は探偵の助手だと自認してくれていたし、九曜もなぜかあずさが説明することを許容してくれているようだった。そこには何らかの罪滅ぼしというような、大人の我慢があることをあずさは敏感に感じ取っていた。若い刑事だけ、口を挟みたそうに唇をもぞもぞと結びなおしていた。

「第二グラウンドの方の廊下の窓から入ったんじゃないか、って話だったよね。そして第二グラウンドにいたのは柏原先生だった」

東堂がちらりと九曜に視線を送った。警察が第二グラウンドから窓に侵入した形跡があるかどうか調べていたことは、東堂も辻から聞いている。九曜は東堂が送った短い視線で、その意味を理解したようだった。

「警察もその線を考えたのは事実だよ」

九曜は思いがけず穏やかな声だった。あずさは頷《うなず》いた。

「しかしそこにも問題があります。第二グラウンド側の窓から入るとした場合、一階の窓から出入りするのが自然です。しかし、一階窓から出入りしたとして、どうやって一階の窓の鍵《かぎ》を閉めるのかが不明です。事件発覚後、誰も一階の防犯カメラには映っていない。そしてエレベーターを使って降りてもいない。事件発覚後のどさくさに紛れて鍵を閉めるというのは無理です。なら専用の器具で外から閉めたのか？」

「その隙間がない」

と若い刑事が素早く言った。上司が言葉を出して、ようやく自分も話せるようになったのだ。

「あの器具はそれなりの隙間がないと使えない。無理に使おうとすると傷が残るものだ」

「では、二階か三階の窓を使って出入りしたというのはどうでしょう？」

「警察がその線を考慮して現場検証したのも、もちろん事実だ」

今度は九曜は視線を送られる前に答えた。「しかし、今のところその物証は見つかっていない。第二グラウンド側の壁に足跡や真新しい傷があったわけではない。もちろん、中庭側の窓も調べたが、同様に怪しい点はなかった。そもそも第二グラウンドには、二階や三階の窓まで届くような梯子《はしご》などがない」

「そのとおりです」

あずさはあえて九曜の言葉を肯定する発言をすることにした。もちろん、そのことは探偵である自分も認識している、と分からせるためだ。九曜の表情が曇ったのは見ないふりをした。

「つまり第一の事件の問題、どうやって犯人が現場に侵入したか、はそこで手詰まりになります。そのため、第二の事件の問題を整理しましょう。

第二の事件の最大の問題は、内側からテープが貼られていた、という点です。普通に考えれば、被害者である煙ヶ谷さんが自分で貼ったことになる。つまり自殺です」

「けど、その動機がないし、用具室で自殺するのは不自然だ」

若い刑事の指摘に頷く。

さて、ここからだ。

息を吸った。スカートから入り込む冷気で、身体がそわりと粟立《あわだ》った。

「結論から言うと、煙ヶ谷さんを殺したのは理事長だと思います」

「――」

教室は死んだように静まり返っていた。

……自らの問いに誰も反応しない教師の気分は、こういうものなのか。

あずさはまずこれまでの授業態度を反省した。そして、自分が話し続けることでしか突破口は開かないのだと悟った。

「私が理事長を疑ったきっかけは、彼が嘘をついていると思ったからです。今日、理事長と話したとき、彼は『煙ヶ谷さんと面識がない』と話しました。けど、それは嘘だと思ったんです」

「なんで？」

東堂が恐る恐る挙手する生徒のように、ぎこちなく首を傾げた。「理事長と話したときは自然で、そんなひっかかるようなことは言っていなかったと思うけど」

「理事長は怪物ですからね。高校生ごときに揺さぶられる精神の持ち主ではないでしょう。……私が気づいたのは、昨日の九曜さんのおかげなんです」

九曜がわずかに目を細めた。

「現場で死体を見ました。煙ヶ谷さんの死体です。生きていたものがもう動かなくなっているその有様をあの用具室の中で私は見て、感じました。見て感じた経験でないと分かりえないものがある。人生で最も大事なものは経験ですね」

九曜は短く尋ねた。

「何を感じた？」

「匂いです」

「……匂い？」

「用具室には、煙ヶ谷さんの香水の匂いが漂っていました。煙っぽい匂いがそうです。だから、理事長の言葉が嘘だと分かったんです」

九曜は説明を求めるように、東堂を見やり、続いて辻に視線を送った。東堂は困ったように受け流し、辻は視線を受け止めた上で、簡潔に説明した。

「煙ヶ谷さんは名刺に香水をつけて渡すというのを、昨日の朝聞きました。彼女が言っているのは、そのことでしょう」

「名刺に、香水？」

「そうです。辻先生の言葉を補足するなら、煙ヶ谷さんはこう言ったんです。『特別な人に渡す名刺には必ずこうやって香りをつける』と。『他の先生にも、刑事にだって香水をつけた名刺は渡さない』とも言っていました。さらにいうと、彼が香水をつけるのは渡す直前だったはずです。私もその名刺をもらいましたが、香水を実際につけて渡してくれました」

それは、香水をつけた名刺をストックしていたわけではないことを意味する。ストックしていたら他の名刺に香りがつく。あるいは自分の服にも香りが染みついてしまう。そうなると特別感が薄らいでしまう、それを恐れたのだろう。

それなのに、と言葉を継いだ。

「煙ヶ谷さんの死体からは、あの香水の匂いがした。香水で匂いをつけた名刺を彼は持っていたんです。煙ヶ谷さんは誰かに出会って名刺を渡して返された、あるいは渡そうとしたはずなんです。いずれにせよ、名刺を渡そうとして誰かに会っている。そしてそれは、特別な相手でなくてはならない」

辻以外の先生には渡さない。刑事にも渡さない。煙ヶ谷のその言葉を信じるなら、一体彼は誰に名刺を渡そうとしたのか？　この学校において、教師でも警察関係者でもない特別な人物とは？

それは、三条理事長以外にない。

「でも、仮に理事長が実は煙ヶ谷さんに会っていて嘘をついていたとしても、理事長が犯人だという証拠にはならないでしょ」

「東堂先生の言うとおりです。でも、そこがまず、私のきっかけだったんです。現場の匂い。死体が小道具ではないと再認識させてくれた九曜さんには、感謝しています」

九曜は目を閉じた。何か遠い昔を思い出すときのように、眼がしらに力を込めて皺《しわ》を作った。

推理を続けます、とあずさは乾いた唇を嘗《な》めた。

「理事長は煙ヶ谷さんと会った。おそらく理事長室でしょう。そこで彼を殺すことを決めた。できれば自殺に見える方法、練炭を選んだ。理事長は彼に睡眠薬を飲ませて用具室に運んだ。そして練炭に火をつけた。その後、保護者説明会に臨んだんです」

「待て待て」

若い刑事が耐えられないといった風に口をはさんだ。

「クリアしないといけないハードルが多すぎる。どうやって理事長は被害者を用具室に運ぶ？　練炭もそう。そして用具室のテープはどうやって貼った？　理事長が車いすであることを忘れていないか？」

まさか、と彼は薄い唇をいったん閉じて嘗めた。「まさか、理事長の車いすは偽装で実は歩ける、なんていうんじゃないだろうな。そんな古めかしいトリックでは到底納得できない」

「もちろん、そんなことは言いません」

「なら、共犯者がいた、と言いたいのか」

九曜が言葉を捻《ね》じ込んできた。

「ええ」

「柏原先生か」

間を置かずに、九曜が言った。

あずさはゆっくりと頷いた。

「柏原先生が理事長の車いすを押して、二人で校内を移動しているところが目撃されています。そして今回、理事長が車いすだということが重要なポイントになるんです」

あずさは写真を一枚九曜に渡した。今朝辻からもらった現場写真を拡大したものだ。水を含んだ地面に、判別できないほどの足跡と轍《わだち》が何列もある。

「ここに轍があります。車いすが通ったことを示しています」

「被害者を発見後、比較的早い段階で理事長も現場に来ていた。その時のものだろう」

「よく見てください。車いすの轍が二種類あるように見えませんか？　タイヤの滑り止めの溝の跡が付いている深い轍と、そうでない浅い轍があるでしょう？」

「それは車いすが通る地面の固さで異なるだろう」

九曜がひどく現実的なことを言った。それはあずさの案を現実的に捉《とら》えているあかしだとも言えた。九曜は穴が開くほど写真を見つめている。

そうして、何かに気づいたようにゆっくり顔を上げた。

「……ほぼ同じ場所なのに、滑り止めの跡が付いている轍とそうでない轍がある」

「そうなんです。同じ車いすを使って、同じ場所を通って、でも轍の深さが違う。その違いは何なんでしょう？」

東堂が目を大きく見開いてあずさを見た。

「——重さってこと？」

あずさは頷いた。

「理事長は眠らせた煙ヶ谷さんを車いすに乗せ、その上に自分が乗ったんです。それなら、煙ヶ谷さんを用具室まで運べます」

あの理事長の特注の車いすは、彼の巨体に合わせてかなり大きく設計されており、ソファのようにクッション性もある。

例えば小柄な煙ヶ谷を正座で車いすに座らせる。一五〇センチ程度の小柄の中年だ。その上に巨漢が座ると、当然前からは煙ヶ谷の姿など見えない。大き目のコートを理事長の肩にかければ、横からも見えない。後ろで車いすを押すのは、体育教師の柏原なのだ。五〇キロ程度増えたところで難なく車いすを押せるだろう。

今日理事長の部屋には一昨日理事長の部屋にあったはずのコートがなかった。コートには煙ヶ谷の毛髪などがついているかもしれない。証拠を現場に持ってくるわけにはいかなかったのだ。

「昨日、理事長と柏原先生が校内で様々目撃されているのは、そのためでしょう。きっと、煙ヶ谷さんを車いすに乗せ、その上に自分が乗って用具室へ向かう。当然、用具室に向かうのを誰かに見られるわけにはいかないから、その隙を探っていた」

九曜は小さく頷いた。

「第一発見者の生徒に、発見時に轍があったかどうか、詳しく事情を聞けば何か分かるかもしれんな」

あずさは一度頷いて、続いて首を横に振った。

その通りだが、そうではないのだ。

「そうですね。……ただ京香たちは第一発見者じゃない」

「なんだと？」

「そしてそれこそが、内側のテープを説明する鍵になります」

あずさはこれも結論から述べることにした。

「第一発見者は、おそらく伊達です」

「伊達……現場に遅れてきた男子生徒だな。彼が第一発見者だとなぜ密室の説明がつく？」

「伊達だからですよ」

こればかりは、刑事にはうまく伝わらないだろう。彼が第一発見者である方が、全てが自然なのだ。

「伊達は京香たちと一緒にいたのに、用具室に行くとなると一人姿をくらましました。そして、現場で被害者が発見されてから現れた。トイレに行っていたと言ったようですが、実はその時一足先に用具室に行っていたはずです」

「どうして、そんなことをする必要がある？」

伊達遥。整った容姿と、恵まれた体格と、与えられた知能。自分の欲するものに手が届かないのならば、その環境がおかしいと本気で思う高校生。自分と社会の天秤《てんびん》が、あまりにも自分に偏っている。ゆえに女性関係にはだらしがない。

あずさは先ほどの京香の電話を思い出した。死体発見前、いつものアイテムを彼は身に着けていなかった。しかし昨日死体を発見した後、なぜかそれを着けていた。

「多分、用具室に伊達メガネを取りに行ったんだと思います。いろいろあって置き忘れてたんでしょうね」

伊達は三日前、第二グラウンド付近で目撃されている。きっと、用具室で男女の密会をしていたのだろう。相手は誰かなどは知らないし、何をしていたのかもどうでもいい。そして、そこに眼鏡を置き忘れた。

普段なら特に気にはしなかっただろう。実際、昨日の夕方まではわざわざ取りに行こうとしていなかった。取りに行かなくてはならなくなったのは、京香が用具室に行くことになったからだ。用具室に伊達のメガネがあれば、明らかに不自然だ。伊達が京香に猛アタックしている中、他の女の子と密会したことが丸分かりになる。伊達はきっと慌てただろう。一足先に現場に急行した。

　そして、煙ヶ谷の死体を発見した。

「死体を見つけた伊達は相当焦った。パニックになった頭で、こう思ったはずです。『絶対に第一発見者になるわけにはいかない』」

　九曜が眉《まゆ》をひそめた。

「なぜだ？　伊達メガネ云々のためか？」

「いいえ。今日が共通テストだからです。大事な日の前日を、事情聴取で潰《つぶ》されるわけにはいかなかった」

「バカな！」

　九曜は素っ頓狂《とんきょう》な声を上げた。

「そんなことのために、一酸化炭素がまだ充満してるかもしれない室内に隠れたっていうのか？　あの破れた高跳び用のマットの中に？」

　高跳び用のマット。その言葉が彼から出てきて、警察はあの内側のテープの真相におおよそ気がついていたのだと分かった。調べればすぐ分かることだ。指紋どころか、衣類、毛、その他の痕跡《こんせき》だってたくさん残っていただろう。

「そうです。第一発見者になりたくない伊達は、来た道を引き返そうかと考えた。しかし、用具室の入り口までは細い一本道で、そこで京香たちと出くわすかもしれない。その場合、用具室に引き返して自分が第一発見者の一人になることは免れない。仮に京香たちに出会ったとしても、適当に用事を作って逃げる方法もある。けど、もう地面に自分の足跡がついてしまっている。

ならば、と伊達は考えた。室内で隠れてほとぼりが冷めてから外に出て、第一発見者ではなく第二発見者になることに決めた」

伊達は用具室に入り、ドアを閉め、そのドアの前にガラクタを並べた。それを外に出さないと、室内に入れないように。ドアの一番前には高跳び用のマットを置き、修繕されたガムテープを剝《は》がし、その中に入った。

そして、その剝がしたガムテープをドアに貼り付けたのだ。

行動としては自然だ。手にはガムテープがある。いずれもとに戻さねばならないガムテープを丸めて握りしめるわけにはいかない。近くに貼り付けたい。できれば剝がれやすい材質の場所に貼りたい。目の前にそれがある。鉄製のドアだ。だからそこに貼り付けた。

問題は、ちょうど二枚の引き戸の開口部に貼ってしまったことだ。

こうして、内側の封は出来上がった。

「そんなことがあるのか……」

九曜は絶句している。しかし辻はともかく、東堂は納得しているようだった。普通の人間の行動としてはありえないのかもしれない。死体を発見したにも拘《かか》わらず無視して、見て見ぬふりを決め込もうとする。しかも、まだ毒物が充満しているかもしれない空間に入り込む。常識的にはあり得ない判断だ。自分が死ぬかもしれない、ということに気が付かないのは控えめにいっても頭がおかしい。

けど、とも思うのだ。それは伊達ばかりではないだろう。そんな光景は校舎にあふれていた。

物質的なものよりも、考えや主義といった半透明なものを大事にしたい。

そしてそれはあずさ自身もそうだった。

「ドアに貼ったテープには指紋がついていたでしょうから、伊達のものと照合することを勧めます」

あずさが告げると、九曜は黙りこくって頷いた。

必然的に、会話に小休止が生まれた。

それぞれが物思いにふけっているようだった。東堂は天井を見て、机を撫《な》で、頭をポリポリと掻《か》いた。九曜は奥歯を何度か噛んでいるのが顎《あご》の動きで分かる。辻はずっと窓の外の快晴を見ているようだった。まるで帰りの天気を心配するサラリーマンのように。

口を開いたのはやはり九曜だった。

「なぜ理事長は煙ヶ谷さんを殺さねばならなかったんだ？」

これも多分半透明な理由からだ、とあずさは思った。

「九曜さんも想像されている通りだと思います。煙ヶ谷さんは遺稿の結末にたどり着いたんですよ。だから理事長は彼を殺した」

「ならば第一の殺人も理事長が犯人なのか？　孫を手にかけたと？」

あずさはその言葉に、急激な疲れを覚えた。

これから、名探偵はどう語るべきなのだろう？

できるだけ端的に、しかし端折らないように話を終えよう、と決めた。

「……話が少し逸《そ》れますが、聞いてください。久宝寺先生の遺稿、あれにはややおかしな点がありました。いくつかあります。最も大きな不審点は読者への挑戦でしょう。『聡明《そうめい》な読者諸氏は殺人者とその目的、そして殺人者に告げるべき言葉を検討していただきたい』」

「あれの意味が分かったんですか⁉」

被《かぶ》せ気味に言葉を放ったのは、やはり若い刑事だった。

「はい。……まあ意味と言うか、解釈というか。久宝寺先生は素晴らしい先生でした。生徒の相談にもよくのっていた。ただ、久宝寺先生だって答えられないことがあったと思うんです。他の人は生徒にどういう言葉を贈るのか、そう尋ねたくなる時が」

「ふうむ？」

若い刑事が顎を突き出して続きを促した。上司の口癖が完全に乗り移っている。先ほどの九曜と違い、前のめりな姿勢にやや困惑した。

あずさの語りに、若干の間が空いた。

その間を埋めたのは、辻だった。

「……なるほど。だから結末が見つからないのか」

青い空から目を離してあずさに向けたその瞳には、先ほどまで映し出していた空の青の名残が見えた。

ゆっくりと辻は続けた。

「久宝寺先生から後任を依頼されるとき、彼と少し話しました。彼はある死をきっかけにミステリーから離れていたものの、最近はミステリーの力も認めていた」

「どんな力です？」

甲高い声と、辻の落ち着いた声は対照的だった。

「読者との距離が近い、という力です。彼は読者を信頼し、読者を名探偵だと言っていました」

あずさは唾《つば》を飲みくだして、話の行き先を見守っていた。割って入ろうか。しかし正常な判断を下せる自信はなかった。あまりにも疲労困憊《こんぱい》だったのだ。できれば少し辻にバトンタッチしたかった。

「この作品のおかしな点は、他にもあります。まずはタイトル。探偵左近ものでは名探偵は左近一人です。なのになぜ『名探偵たち』と複数形なのか。そして登場人物の問題です。ミステリーで登場人物が掲載されるのであれば、その中に犯人がいるのがフェアとされます。なのに、登場人物は被害者、そして主人公とその助手の三人です。

　そして一番おかしな点は、この結末がいまだに見つかっていない、という事実です」

辻は要所要所であずさを見てきた。これでいいのか、話し続けていいのか、とその顔は問うていた。あずさは何も返すことができなかった。今の自分にあるのは、疲労と焦りがないまぜになった感情だけだった。

「深野は多分、その全てに辻褄が合う回答を思いついたんでしょう」

辻があずさを見た。あずさは辻を見なかった。

辻の瞳には、青い空の名残の上に、無様なほど疲れ切った女子高生が映っているはずだった。

「一体何なんです？」

甲高い声で頭が痛い。

辻は仰々しさの欠片もない平凡な声で答えた。

「つまり、物置で死んだ被害者は自殺だった、という回答です」


　自殺、という言葉が響き渡った後、教室には研ぎ澄まされた静寂が訪れた。まるで教師への回答がとんでもなく斜め上だった時の教室のように。呆《あき》れと、疑いと、緊張が低空飛行していた。

「……どう辻褄が合うんですか？」

　若い刑事だけが、やっとそう言った。辻はこの静寂でも動じなかった。もうあずさの方は見なかった。

「問題はおそらく、久宝寺先生はそもそもなぜ急にミステリーを書き始めたのか、ということに尽きるんだと思います」

　こういう筋書きはどうでしょうか、と辻は淡々と語った。

「久宝寺肇は、三条柚から相談を受けていた。相談内容は、自殺とその方法についてです。久宝寺は生徒に返す言葉に苦慮した。誰か、彼女に届く言葉を紡げる適切な人間はいないか思案した。いる、と久宝寺肇は思った。信頼する、彼の読者です」

　若い刑事が何か言おうとして、九曜が手で遮った。

「彼は三条柚から聞いた自殺の方法をそっくりそのまま使ってミステリーを書いた。そして、最後に読者へ挑戦状を送った。

　しかしそれは挑戦でもなんでもなくて、実は『自殺願望を持つ三条柚へかける言葉を読者から募る作者からのお願い』だった」

そう考えると辻褄が合うと思うんです、と辻は語る。

「登場人物に犯人が出てきていない。なぜなら犯人は被害者だからです。『名探偵たち』とタイトルが複数形になっている。なぜなら不特定多数の読者を名探偵と定義し、彼らに宛てた小説だからです。遺稿の結末がいまだに見当たらない。なぜなら、読者への挑戦そのものが、久宝寺肇にとっての結末だったからです。久宝寺肇は読者という信頼すべき名探偵たちから、自殺した犯人への言葉を集めようとしたんです。そしてその中から三条柚に伝えられる言葉を選び出そうとした」

久宝寺肇の遺稿は、最初から最後まで原案三条柚、執筆者久宝寺肇のミステリーなんです」

静寂に含まれていた呆れは霧散していた。

代わりに言葉が間を埋めた。九曜の声だ。

「……だとしたら、現実もそうなのか？　三条柚は殺人に見せかけて自殺したのか」

「辻褄が合うのがそれだということです」

あずさがやっと割って入った。探偵は私なのだ、と重い心を鼓舞する。ここが正念場じゃないか。

「被害者はＰＣルームに入る。そしてエレベーターで二階へ降りる。二階で自殺をする。それならば、防犯カメラに犯人の姿は映りません」

九曜が慌ててあずさを制した。

「いや、それはおかしい。時間にずれがある。練炭に火をつけたのは午後二時から二時半ごろだと見込まれているんだぞ。その時間、被害者はPCルームでオンライン通話をしていたはずだ。録画も残っている。録画の時間を修正していたというのか？」

「確かに被害者はその時間オンライン通話をしていた。でも、それがPCルームとは限らない。背景はバーチャルです」

「どういうことだ？」

「被害者は移動しながらオンライン通話をし、オンライン通話をしながら練炭に着火したんです」

状況証拠にすぎませんが、とあずさは先回りをした。

「例えば、オンライン通話の途中に不自然に音声が途切れた時間がありましたね。それはおそらく、エレベーターが到着したときの音を隠すためでしょう。かなり大きな音ですから、マイクが拾うと移動したことがばれてしまう。それを恐れて、マイクをオフにしたんです。それから、物置にはキャスター付きの椅子が置いてありました。あれに座ってキャスターでPCルームから移動してきたんだと思います」

「だとしても、外の目張りはどうする？　誰がどうやって貼ったんだ？」

「物置の隣の備品棚にあった、プログラミング用のドローンを使ったんでしょう。教材用のドローンですから、タブレットにはプログラミングのためのソフトウェアも入っていた。それを事前に組んでいたんです。前方に何メートル、左に何メートル、障害物にぶつかったら……という具合に。

被害者はオンライン通話終了後、いったん外に出て備品棚からテープと軍手を持ち出し、ドアが開く程度に目張りをした。半分だけテープをつける、という具合に。テープと軍手を備品棚に戻し、そしてそっと中に入り、中でタブレットを使ってドローンのプログラムを実行した。そして数センチ開いたドアの下から、タブレットを外に滑らせた。ドローンは自動で移動し、プロペラガードが半分貼ったテープを上から押しつけ、目張りは完成、そしてもとの位置に戻る。被害者は自分で睡眠薬を服用し眠り、そうして……」

あずさが俯《うつむ》くと、九曜が質問を飲み込んだ。代わりに辻がぼんやりと言った。

「どうしてそうまでして、殺人に見せかけようとしたんだろうな」

日暮れまではまだ時間があった。

青空は不気味なほど透き通っていて、その中にあずさは何も見いだせなかった。

「それに、理事長はなぜ煙ヶ谷さんを殺したんでしょう？　煙ヶ谷さんが第一の事件の真相が自殺だと気づいた、それでなぜ彼を殺す必要があったんでしょうか？」

若い刑事が言うその問いには答えられそうだった。

が、意外にも答えたのは東堂だった。

「理事長は自殺を心底憎んでいます。その自殺を自分の孫がしたということ自体がショックだったんでしょう。自殺を認めないためには、自殺をしたと主張する目の前のマスコミの人物を殺すのが早かった……そういうことじゃないでしょうか」

あずさが言葉を引き取った。

「煙ヶ谷さんの殺害にあえて練炭を使ったのは、自殺に見せかけて少しでも真相が明らかになるまでの時間を稼ぎたかったんだと思います。理事長は『もう自分は長くない』って仰ってました。せめて死ぬまでは、孫が自殺したと警察にも週刊誌にも、断言されたくなかったんじゃないかと」

飛行機が一筋の白い線を残して突き進んでいく。
なんだか同情しているみたいだ、とあずさは思った。
同情？
いや、嘲笑《ちょうしょう》か。
「……以上が事件の真相です」
名探偵はこうしておおむね全てを語り終えた。
おおむね、全てを。

幕間四　小説家がさよならを告げるまで

カランコロン、と爽《さわ》やかなベルの音が二人の背中を送りだした。雨上がりの町は午後の陽光でいたるところを輝かせていた。ひんやりした風が路地を通り抜けた。

「ごちそうさまでした、先生」

辻が律儀に頭を下げた。「先生は僕が来るまで、何か口にされたんですか？」

「俺はいいんだ。生徒が飲むのを見ているだけで十分だよ」

「昔はよく司書室でコーヒーを飲みましたね。相談事や、下らない話をおともに」

「今も変わらず司書室は相談所だよ。先週もコーヒーカップをお盆に乗せてせっせと給仕をした」

言ってから、久宝寺はわざと思い出したように付け加えておいた。警戒されない程度に念押しをするためだ。「そういえば、先週コーヒーカップを二つ運ぶときに一つを割っちまったから、適当に補充しておいてくれ。好きなのでいいから」

「……即答できずすみません」

辻は慎重に表情を作った。「その時になったらまた考えさせてください」と言った。それならそれでいい、と久宝寺も引き下がった。自分には言葉がある。仮に自分の言葉が足りないのであれば、読者の言葉を借りればいい。自分はミステリー作家なのだ。帰ったらすぐに編集に電話をしようと久宝寺は決めていた。

久宝寺はあえてタクシーを拾わなかった。少し雨上がりの町を歩きたい気分だったのだ。辻は駅に行くと言い、久宝寺もそこで別れることにした。

「探偵左近シリーズは、どう終わる予定だったんですか?」

歩を進めながら、辻が絶妙のタイミングで言った。久宝寺は笑いだしそうになった。続編の構想がある、と言おうか迷ったが、止めにした。教え子の驚く顔を冥途《めいど》で眺めるのも悪くはない。

「さあなあ。他のジャンルは知らんが、探偵ものはなかなか終われんよ。事件に限りはない。俺にはいい結末が思いつけない」

路地を出た辻は車道側に移動した。歩みは久宝寺に合わせて狭めている。優しい子だ、と思った。

「俺が言うのはなんだが、考えてみれば名探偵ってのは、大変な重責だなあ。全ての真相を読者が納得するように暴かなければならない。誰よりも早く、誰よりも深く、誰よりもひたむきに。じゃないと、それは探偵とは呼ばれない」

「確かに大変ですね」

「ミステリーを書いてるときは、よく探偵って何者だろうって考えたもんだよ。名探偵ってのは物語における役割のことだが、作者の立場から考えると、名探偵は読者に他ならない。あいつら、必死で作者の意図を解き明かそうとしてくるんだからな」

そしてそのうちの一人がこの子だった。苦笑を作る名探偵の暗い瞳を見て、久宝寺は自身の不摂生を心底呪った。言葉を届けたい人間が、あまりにも多すぎる。

「でもな、一番の名探偵は誰か分かるか？」

少しでも明るくしようと久宝寺は語った。

「俺だよ。作者だ。だって全部作者が考えてるんだからな」

それを言っちゃおしまいでしょう、と淡々と返されたが、それでも今日会った時より教え子の表情は豊かになったように見えて、胃の痛みが和らいだ。

「名探偵とは物語の役割であり、読者であり、作者だ。普通の小説より多くの人の血が通ってる、それがミステリーなんだよ」

やがて、二人は改札の前に行きついた。辻はポケットに手を入れて、暗い視線を久宝寺に向けた。何を言おうか迷っているように。

久宝寺もそこで気がついた。何を言って別れるべきなのだろうか。生きてゆっくり会うのはこれが最後かもしれない。いや、多分そうだろう。最後の言葉を探すのは、師の役割に違いなかった。

喧噪《けんそう》の中で、別れの言葉を久宝寺は探した。それほど時間を要さず、見つけることができた。

「さよなら、玲人」

と、久宝寺は言った。

「さよなら」

と、辻も言った。

辻は改札の中に入って、一番線のホームへ向かった。

さよなら、という言葉の残響は久宝寺の口中にまだ残っていた。彼は咀嚼《そしやく》して、飲み込み、その言葉が喉《のど》を通り抜けた心地を味わった。さよならはグッドバイとは違うし、再見《サイツエン》とも違う。神に祈りもせず、再会を希《ねが》うわけでもない。あるのは「左様ならば」という淡々とした諦念《ていねん》だ。事実として別れがある。神も誰も、それを無理やり感動で覆い隠すことはできない。そういう無常と諦《あきら》めがこの言葉にはあった。

しかし、と久宝寺は思う。さよならの乾きの奥には温かさがあった。淡々として、かさかさとした諦めがあって、しかしその下にはじんわりとしたぬくもりが残されている。

生の、死の、人生の素朴な生温かさだ。

改札で白髪の男性が切符を落として、イヤホンを着けたサラリーマンがそれを大儀そうに拾い上げた。駆け足で階段を駆け下りる高校生は、スマートフォンを耳に当てて腕時計を見ていた。子連れの家族が動物園から笑顔をふりまいて帰っていく。窓には雨粒が太陽に光って、どこかから肉饅頭《まんじゆう》を焼く匂いが流れてきた。

誰がさよならを告げても、人生はここにあった。

そして誰かの人生と混じり合い、なおも続いていくのだ。

人ごみに流される教え子は一度振り返った。久宝寺は力強く頷いて、その細い背中を最後まで見送り続けた。

五　名探偵たちがさよならを告げても

さよならを言うのは、少しだけ死ぬことだ。

1

高校からコンビニに向かういつもの道だった。つい二時間前の晴天が嘘のように、空気はひび割れていた。重い雲が垂れこめていた。夜が空に広がり始め、街灯がぽつぽつと灯《とも》り始めていた。

玲人は隣を歩く深野を見やった。話したいことがある、と言って校外へ連れ出したのは深野の方だった。しかし、彼女は先ほどとは打って変わって大人しかった。上唇で下唇を半分覆って、瞬きは緩慢だった。彼女の頭の上に、動画の読み込みインジケーターが回っているのが見える気がした。何をためらっているのか、悩んでいるのか、玲人には分からなかった。

仕方なく、玲人から口を開いた。

「さっきはさすがだったな。まるで名探偵だって刑事さんも褒めてたよ」

理事長がすべてを認めた、と刑事が玲人に報告をよこしたのは、あの推理劇の一時間後だった。玲人は食堂の前の自動販売機でコーヒーの紙コップを傾けていた。

「これから詳しく話を聞くことになりそうだが、おおむねあんたのところの生徒さんの言うとおりだったみたいだ。ついさっき、練炭を買った店が分かった。防犯カメラの映像は不鮮明だったが、この学校の女子生徒の制服だった。リボンの色は赤で三年生だ。日曜日に練炭を買いにショッピングに行く女子高生はそうそういないだろうから、買ったのは三条柚だろう。被害者は自殺で決まりだ」

九曜は隣に立って自動販売機に小銭を流し込んだ。大学生が好むような、カフェインのたっぷり入った飲料を拾い上げる。深野あずさ、と低く呟《つぶや》いた。

「友達もいて、教師にも恵まれて、いい生徒だ」

やたら感慨深げに言う。ベテラン刑事の風格によるものだろう、と解釈した。

「煙ヶ谷さんが殺された理由は、やはり彼が三条柚の死の真相を知ったからなんでしょうか」

「そうだな。司書室にパソコンがあっただろう？　理事長の話では、どうも編集者はそのメールの下書きからことの次第が分かったらしいな。久宝寺肇のメールの送受信は調べてたが、まさか下書きとはね」

「どんな内容だったんですか」

「生徒が自殺をほのめかしていることについて、専門家に相談しようとしていた形跡があった。それで編集者は遺稿の目的の目星をつけた。それと同じように死んでいる生徒の死の真相にも。そして、編集者は理事長に自殺について記事にしたいと告げた。理事長は編集者を殺そうと決意した。その右腕に柏原先生を選んだ。柏原先生がなぜ理事長に従ったのかはまだ不明だが、理事長は何か弱みを握っていたことを仄《ほの》めかしている」

わずかな間があった。何かに考えをめぐらし、すぐに打ち消した間だった。

「そう思うと、あんたのとこの生徒はまさしく名探偵だよ。あれだけの手掛かりでおおよその事の真相にたどり着いたんだから。若い奴らの感受性ってのは、馬鹿にならんね……あの子はいったい将来何になりたいんだい？」

「さあ。……あの、九曜さん。九曜さんも何となく、彼女なら真相にたどり着くって思ってたんじゃないですか？」

玲人自身思いがけなかった問いに、刑事はさらに驚いたようだった。

「まさか。どうして？」

「いえ、何というか、結局色々教えてくれたじゃないですか。普通、警察が容疑者に事情を明かすなんてありえないんだと思うんです。仮に理事長が大物だって言っても、そこまでするかなって思いまして。そこに個人的な信頼みたいなものが見えたような気がしただけです」

九曜は青い缶をじっと見下ろした。何かを言おうとしていた。逆三角形の目は鋭いが、それ以上にひどく凪いでいた。

結局、乾いた唇から出てきたのは「さて」という話を切り替える言葉だった。

「この後、この事件はどういう方向に物事が進むのか」

上手に抑制された声だった。含みがあるように思えたし、同時に投げやりにも聞こえた。聞く者によって、どちらとでも聞こえる響きだ。適切な言葉を適切な人間が使っている、と思った。

玲人は黙っていた。実際、答えようもなかった。

「ま、なんにせよあの子には幸せに過ごしてもらいてえもんだ」

玲人が刑事とのその会話について説明すると、深野は眼鏡がずれるほど首を振った。私が名探偵だなんてそんな、と珍しいくらい殊勝に謙遜《けんそん》した。

「探偵は誰もを納得させるものなんだと思います。真相をすべて明かして、みんなを納得させる。そして私はまだ――」

歯に物が挟まったかのような言い方だった。深野は立ち止まった。跨線橋《こせんきょう》の上は空がよく見えた。暗い闇がビルのてっぺんを覆いつつあった。

「……まだ真相を明らかにしていないんです」

深野の呟きは、音のない風のおかげで玲人まで届いた。跨線橋の真ん中で立ち止まる。

一度天を仰ぎ、睨《にら》みつけ、ようやく心を決めたようだった。

「さっきの私の推理は、間違いなんです」

「え？」

玲人は思わず声を上げた。深野は一瞬ためらって、しかしもう心は決まっていた。走りだすとどんどんと突き進む彼女の持ち前の推進力で、よどみなく言葉は流れた。

「私はさっき、ドローンを使って目張りのテープを完成させた、って言いました。それは間違いなんです。確かにドローンはプログラミングされているかもしれない。けど、そんなことは無理です。小型のドローンでドアの四方を正確に、きっちり隙間なくテープを貼り付けるなんて不可能です」

「じゃあ三条柚は自殺じゃない、と？」

「いえ、柚は自殺です」

「だったら……」

「テープの目張りをしたのは、東堂先生です」

しばらくの間、玲人は穴が開くほど深野を見つめた。

頭の中で神経が音を立てて揺らいでいた。台風の時の電線がしなやかに煽《あお》られるように、何とか思考を切らさないようにするので精いっぱいだった。

「あのガムテープは明らかに人の手で貼られていた。それができるのは、第一発見者の東堂先生だけでしょう？」

押し付ける風でもなく、しかし歯切れよく深野は言った。もちろんそうだ、とすんなりと玲人が納得させられるほどに。

だとしたら、一体、あの時何が起こっていたのか？

「多分、ですけど」

と深野はとつとつと語った。左手に巻いた腕時計を、右手の親指でなでつけていた。時間が止まってほしいとでも言うように。

「柚はさっき私が説明したトリックで自殺をした。けど、目張りはうまくできてなかった。やがて時間がたって、東堂先生が物置の異変に気付いた。半分だけ目張りをしている物置があって、そのドアの前にはタブレットが落ちていた。

東堂先生は中に入って、柚が死んでいるのを発見した。刑事さんも言っていたように、目張りはなされていなくたって、十分人が死ねる程度には室内は密閉されていたんです」

そしてそれから、と深野は続けた。

「東堂先生はうまく貼られていなかったテープを、自らの手で貼りなおした」

それから図書室に駆け込んできたんです、と深野はそこでいったん言葉を切った。

それならすべて説明できる、と玲人も気づいた。衝撃は残っていたが、生徒の前で狼狽《ろうばい》し続けるわけにもいかなかった。落ち着いた頭で、辻褄《つじつま》が合うのは目張りのテープの件だけではないと気づいた。

例えば、タブレットの件がそうだ。三条柚はドローンを起動したタブレットを、ドアの隙間から廊下へ滑らせた。それは誰かの手によって、三階のPCルームへと運ばれたはずだ。

それも東堂しかできない。

防犯カメラにはタブレットが二階から三階へ運ばれた様子は映っていなかった。エレベーターも動かなかった。十一インチ、それなりの大きさのあるタブレットだ。そう簡単に隠すことはできない。事件後三階に上がったのは柏原と東堂だ。柏原はジャケットを羽織っていなかった。あの日ロングコートを着ていたのは、東堂だった。

深野は玲人の意中を覗《のぞ》き見たように、的確に告げた。

「タブレットは一旦《いったん》備品棚の辺りに隠しておいた。頃合を見て東堂先生が同じ棚にあったロングコートを着て、その中に入れて隠したんでしょう。そのあと、東堂先生は柏原先生と三階に上がって、PCルームに行きました。そうして、そっとタブレットを机上に置いた。あたかも、ずっとそこで柚がオンライン通話をしていたかのように」

「東堂は共犯ってこと――」

「違います」

玲人が言い終える前に、深野はぴしゃりと遮った。断固とした口調だった。

「多分、東堂先生は何も知りません。先生はただ、柚の想いを汲《く》んだだけなんです。物置に入ると柚はもうこと切れていた。ドアには中途半端な偽装工作がなされていた。そして——東堂先生は誰よりも生徒想いです」

生徒の想いを汲んだだけなんです、と深野は繰り返した。

自ら死を選び、それを殺人に偽装するという生徒の想い。

汲むにはそれは、あまりにも重い。

彼女はおずおずと微笑んだ。

ようやく、深野が何をためらっていたのか分かった。彼女は玲人が東堂を追い詰めることを懸念したのだ。

「煙ヶ谷さんの件の第一発見者が伊達だってことに気づいたのも、東堂先生なんですよ。そういう本当に生徒目線の視点って、簡単そうでなかなかできないですよ」

高校生のころから、東堂の優しさは他の追随を許さなかった。「頭がよくないから、一度経験しないとうまくできない」と自分で認めるほど不器用だった。しかしそれは愚直だとも言えた。経験からすべてを学んで身に着けようとする努力家だった。

その東堂さえ、玲人を切り捨てたわけだが。

「……」

ふいに風が強くなった。風は変に生温かかった。眼下を通り抜ける電車から吹き上げる風のせいかもしれない。もしくは、血が脳に駆け巡っていたせいか。

思い出すことがあった。

思い出して、そうして思うことがあった。思いは思考に繫《つな》がった。思考は一つの結論を導き出し始めていた。

……もしかしたら。

もしかしたら俺は、とんでもない思い違いをしていたのかもしれない。

玲人は無意識にポケットに手を入れた。そしてスマートフォンの真っ黒な画面を見つめて、一瞬ためらい、しかし結局乾燥した指先で電話帳を開いた。親指は小刻みに震えていた。震えたままボタンを押した。

「やめてください！」

と深野は叫んだ。悲痛な響きだった。

「東堂先生を責めるのは止めてください！　あの人は本当に――」

無視をした。しかし深野は手を伸ばしてきた。思いがけず、スマートフォンから呼び出し音が流れた。二人のうち、どちらかの手がスピーカーのボタンを押したようだった。

東堂は二コール目で電話に出た。

『玲人？　どうしたのさ』

「お前だったんだろう」

玲人はスピーカーホンになっていることに取り合わず告げた。その声はまるで自分のものでないかのように、遠くから聞こえた。思ったよりも低く、乱れてはいないが、その奥に切迫感が渦巻いていた。

『何が？』

と、東堂は答えた。

「沙奈枝の話だ」

『……なに？』

「首を吊った沙奈枝を最初に見つけたのは、美緒、お前だったんだろう？」

東堂の声は普段通りだった。

つまり、真っすぐで、丁寧だった。

『やっと昔みたいに美緒って呼んでくれたじゃん』

と彼女は笑った。

玲人の目の前で、深野が大きく目を見開いた。彼女の伸ばした左手は、凍り付いたかのようにピクリとも動かなくなった。その細い手首に巻かれた腕時計の秒針のおかげで、世界が動いていることが知れた。

『今更、どうしてそんなことを？』

まったくだ。

玲人は胸の内で吐息を吐いて、目を持ち上げて固まった深野に視線を置いた。猪突猛進《ちょとつもうしん》な名探偵、深野あずさ。そのずれた眼鏡を見つめて、その上にある黒い瞳《ひとみ》を見やった。黒々としていて、意思があって、その強さは美しかった。彼女はやりきった。俺は、辻玲人はどうだろう？

足踏みして、景色を眺めるだけだ。高校生の頃と、なんら変わっていない。

「俺もそろそろ、進まないといけないんだと思うんだよ」

だから少し付き合ってくれ、と玲人は言った。東堂はもちろんと応じた。彼女らしくない、感情を隠した声だった。

深野から聞いたよ、というのが玲人の話の端緒だった。

「伊達が第一発見者だって気づいたのは、お前だったたって。それから、三条柚の死んだ物置の、ガムテープの目張りの件も。お前は本当に生徒想いだ、と深野は言った。俺もそう思う。お前は昔からいつでも他者を大事にしてたよ。

……そんなお前が、俺を切り捨てるような真似をするだろうか？」

返事はなかった。

「そう考えると、あの日いくつかおかしな点があったのを思い出したんだ」

東堂の表情が見えないことが、その雰囲気を感じられないことが、ひどく玲人を惑わせた。会って話したい、と思った。会いたい。話したい。いつ以来の感情だろう。

「沙奈枝を俺が発見した日、寮の管理人のおばさんは俺を入れてくれた。なぜだ？　異性の部屋に一人で入るのは厳禁だったはずだ。仮に看病だとしても、ああも簡単に入れてくれるだろうか？　誰かすでに見舞いが来ていて、だから男子生徒を入れても問題ないと判断したんじゃないだろうか？」

『気まぐれかもしれない』

と東堂は言った。やはりその口調の表情は見えない。『あの人は昔からおおざっぱだよ。おおざっぱで、出汁《だし》の利いたうどんがおいしい』

そうかもしれない、と玲人は肯定した。

「だけど、もう一つ思い出したんだ。あの日、沙奈枝の部屋は生温かかった」

死はいつも生温かい。

それは思い出したというより、思い続けてきたことだ。死の香りは、いつもどこか生温かい風に乗ってやってくる。

「あの日は暑くて、沙奈枝の部屋にもクーラーがかかっていた。なのに、閉められていたはずのあの部屋は妙に生温かかった。俺より前に誰かが来て、部屋のドアを開け放って何かをしてたからじゃないか、と思った」

そこまで言っても、やはり東堂は答えなかった。

「なあ美緒」

と玲人は穏やかに言った。

「俺が来るまで、あの部屋で何をしていたんだ？」

「……」

「お前の制服が夏服から冬服に変わっていた。それに関係があるんじゃないのか？」

玲人は数秒目を閉じて、目を開けた。喧噪《けんそう》。騒音。雑多な音の数々。校舎も同じ音がする。人が生きている音だ。

『そうだよ』

と東堂は短く認めた。

足の親指の先に力がこもった。靴の底で小石がコンクリートをひっかいた。

『あの日最初に沙奈枝を見つけたのはわたし。でも、どうしてもそうじゃないって偽装する必要があった。まるで伊達みたいにね』

全てを話そうとするその声はとてつもなく澄んでいた。その上、奥行きもあった。どうしたらこんな声を出せるのだろう、と羨《うらや》ましいとさえ思った。

『あの日、部屋で沙奈枝が死んでいた。見るに堪えなかったね。そして傍にはもっと見たくないものがあった』

「……遺書か」

『そう。読んだよ。良いとか悪いとか、そういう倫理観なんてどこかにとんでっちゃってて、いつの間にか手に取ってた。……けどそれはね、どうしても誰にも見せられる内容じゃなかった。それを持って慌てて外に逃げようとしたら、階下から玲人と管理人の声がした。このままだったらばったり会ってしまう。でもうちの高校の夏制服にはポケットは無いし、スカートにもない。遺書を隠せる場所がなかった。

……だから、借りたの』

彼女の声は一瞬低くなった。

まさか、と目の前の深野がひゅっと息をのんだ。

「まさか、東堂先生は――」

玲人は手で制して、電話口の言葉を待った。

それが仮に東堂に似つかわしくない言葉であろうとも、東堂の口から出るのを聞きたかった。

わたしは、と東堂は言った。

優しく、生真面目に。

『わたしは、首を吊った沙奈枝が着ていた制服を剝いだ』

パキリ、と。

空気がひび割れる音が聞こえた気がした。

『……それしか思いつかなかった。あの部屋に遺書を隠しても、すぐに学校関係者か警察が見つける。わたしが確実に持って、部屋の外に出さなければならなかった。白いブラウスの下に入れてみたら、すぐに分かるほどその茶色い封筒は透けていた。ブラウスでだめなら、ブレザーを着るしかない、とパニックになった。

わたしは首を吊った沙奈枝のブレザーを脱がせて、内側の胸ポケットに遺書を入れた。それからすぐ、玲人が入ってきた。わたしはトイレに隠れて、折を見て出て一緒に驚いたふりをした。第一発見者は玲人。第二発見者がわたし。そして遺書なんてなかった、と第一発見者であるあなたは証言する』

どうしてそんなことを、とは言えなかった。

分かりきっていたからだ。

東堂は優しい。遺書には誰かを傷つける文言が含まれていた。その誰かをかばったのだ。

そしてそれは多分、俺だ。

「教えてくれないか」

と玲人は言った。

「遺書の内容を。何が書かれていたかを」

沈黙。

それは深い沈黙ではなかった。しかし、彼女がしようと思えば深い沈黙にすることができる。玲人は彼女の人間としての深さを思った。彼女の心はとてつもなく広く、あまりにも深く、これまでそれに気づかなかった自分の浅慮を玲人は恥じた。

『何が正しいのか、正直わたしにも分からない』

彼女の声は惑いで苦しげだった。うなり声にも似た低い声だった。

『特定の誰かに宛てたものでもなかった。けど、間違いなく多くの人に影響を与えるものでもあるって、高校生のわたしにだって分かった。……ねえ、知らないほうがいいんじゃないかな。知らないからこそ、玲人はあの日にずっと踏みとどまっている。それは多分、間違っていないとも思う』

「そうかもしれない」

玲人はまず頷いた。

「俺はずっとこれまで、あの日を引きずってきた。見極めようと目を凝らして、あるいは見ないように目を背けてきた。いずれにしても、何も行動してこなかった」

けれど、と続けた。

「もう足踏みするのはやめたいんだ」

東堂はきっと、三条柚を発見したあの日、テープを貼るとき心底悩んだはずだ。教え子の名誉と常識を天秤《てんびん》にかけた。そうして、隙間をテープで埋めた。それが正しいことなのかどうなのか、誰にも分からない。ただ彼女は教え子を救いたかったのだ。生とか死とか、それ以上の救いを東堂は見出して実行したのだ。

久宝寺もそうだ。彼は三条柚を救おうと死の間際まで遺稿を書いた。

深野あずさは、やりたいことに一心不乱に突き進んでいる。

理事長だって多分、彼なりの信念があるのだろう。

みな生きているのだ。

生きて、あがいて、求めて、人生を歩いている。

「俺もそろそろ、生きていたい」

長い吐息が聞こえた。

長年鍵《かぎ》がかけられたドアが開いたときのような音だった。錆《さ》びついていて、鼓動を呼び起こす音だった。

『赤ちゃんがいたの』

その声は小さかった。

『沙奈枝のおなかに、赤ちゃんがいた。そして、その相手は柏原だったんだよ』

「――」

世界が戻ってくるまで、相当の時間を要した。

東堂はそれを察して、ずっと継ぐ言葉を待ってくれていた。五分か十分か、あるいは数秒だったか。暗い穴に落ちるような感覚があって、浮上していく感覚もあった。しかし、落ちるよりも浮上のスピードの方が随分ゆるやかだった。

「……久宝寺先生はそれを知っていたんだな」

ようやく出た言葉がそれだった。

『これを知ってるのは、久宝寺先生と理事長だけ。沙奈枝が久宝寺先生に相談して、久宝寺先生が理事長に話したみたい。沙奈枝は遺書で、二人にもいろいろ言葉を残してた。玲人には……』

一瞬言葉を切った。

『優しい人だった、って書いてあったよ』

「優しい人……」

優しい人。

それは、つまるところ……。

どう解釈すればいいのだろう。

東堂の口調はさらに速くなった。悲しみを超えて、それは痛々しかった。子どもが教師に言い訳をするようだった。言い訳など、誰にもする必要はないのに。

『あの後ね、みんなの間に噂が流れた。玲人が沙奈枝にひどいことをしたんじゃないか、って。あっというまに学年中に広まって、わたしはそれを支持しなかったけど、積極的に否定もできなかった』

だって、と今にも泣きだしそうな声で東堂は続けた。

『その噂のおかげで、妊娠してた事実が覆い隠されたところがあったから。もしその噂が立ち消えて、今度は「実は沙奈枝は妊娠してた」なんて噂が流れたら、と思うと怖かった。そして相手が柏原だっていう事実が露見なんかしたら……。玲人もまた、死んじゃうんじゃないかって』

玲人はずっと東堂に切り捨てられたと思い込んでいた。しかし、事実はそうではなかったのだ。真面目な東堂は惑い、悩んでいた。切り捨てたのではない。立ちすくんでいたのだ。

『あの時考えるべきことは色々あった』

もはや息も絶え絶えだった。

『生きるとか死ぬとか、優しさとか残酷さとか、救うとか見捨てるとか。何度も同じ考えをぐるぐる回って、間違いないことは、事実としてわたしは沙奈枝を救えなかったってことだった』

東堂の声は震えていた。

その切なさと、痛みと、目に染みる風と乾ききった夜空。

東堂の言葉は、きちんと東堂のものだった。

玲人の胸を、しっかりと射貫《いぬ》いていた。

『わたしとしては、玲人まで失うわけにはいかなかったんだよ』

夜が街を覆っていく。明かりが一つ一つ灯る。

『足りない頭をひねって、玲人を救うのは何かを考えた。でも、ごめん。わたしは馬鹿だからさ、遺書のことを黙っている以外、思いつかなかったんだよ。嘘をついてる以上、そしらぬ顔でそばにもいられなかった。そうして、そのうち、卒業することになって、それで――』

玲人はようやく思い当たった。自分が今まで、何を手に入れないでいたか。

それはおそらく、他者に思いを馳《は》せる柔い心であり、旧友を誘って居酒屋に繰り出す小さな勇気であり、テレビ番組を見て声をあげて笑う心の余裕でもあり、月影の揺れる室内で一人静かに自省する謙虚な姿勢だった。

つまるところ、それは人生だった。

理不尽な過程そのものだった。

俺はそれをないがしろにしてきたのだ、と玲人は思った。俺は人生を捨て去ることで、自分を罰しようとした。しかし、そんなもの歪《ゆが》んだ自己愛でしかない。保身のために意味不明な行動をした伊達と、何ら違いはなかった。捨て去ることに汲々《きゅうきゅう》とするのではなく、誰かを慮《おもんぱか》るべきだったはずなのに。

自分に人生があるように、東堂にも人生があるのだ。生きるとはその重なり合いの中で歩み続けるということだ。自分が人生を捨てたりせずに彼女に一歩踏み出していれば、彼女の人生も今とは違う折り目がついたはずなのだ。

こんなことに気づくのにおおよそ八年もかかってしまった。

その時間を、この友人は与えてくれたのだ。

「俺はずっと」

と玲人は掠《かす》れる声でようやく言った。

ようやく言えた。

「俺は美緒に救われてきたんだな」

深く息を吸った。八年分の空気をすべて吸い込むように。

「本当にありがとう」

東堂は何かを言った。それはくぐもっていて、スマートフォンではうまく届かなかった。

なぜ東堂が泣くのだろう。泣いて謝りたいのは、俺の方だというのに。

日の落ちた空の黒は、手を浸すとひんやりと気持ちよさそうだ。世界の輪郭が澄んではっきり見えた。眼下の電車の煌々《こうこう》と光る窓の列が、魚群のように生き生きと線路を泳いでゆく。クラクションは気の抜けた土曜日の夜の響きで、ヒヨドリの鳴き声の方がよほど警笛のようだった。

生かされている。

そう自覚して見る世界は鮮やかだった。

『救ったなんて……そんなことはないよ。言葉もかけられなかった。何も手助けできなかった』

東堂の言うことはそうかもしれない。けれど、彼女はそれ以上のものを与えてくれた。それが何か、うまく伝えたいと思った。しかし言葉が出てこなかった。

言葉が喉の奥に絡まっているうちに、東堂が言った。

『今だって、まだ後悔してる。こうして玲人に本当のことを言ってよかったのか、どうか。わたしはね、結末なんてないほうがいいと本当に思うよ。結末は別になくたっていい。……結末や結果を求めるから、きれいな終わりを求めるから、死を求める生徒が出てくる』

東堂は三条柚の死について語った。

あの日、ガムテープの目張りがなされていたような物置を見つけたこと。目張りは不完全なものであったこと。中に入ると三条柚が死んでいたこと。脈もなく、もう助からないと察したこと。

『三条は明らかに他殺に見せかけようとしていた。もちろん、それはうまくいっていなくて、でも現場の状況はまるで消しゴムの跡が何個も残った答案用紙みたいな必死さで満ちていて、見捨てることもできなかった。間違いでもなんでも、何とか丸を付けてあげたいと思った。

……そしてもっと気にかかったことは、深野のことだった』

東堂は一度唾《つば》を飲み込んだようだった。一瞬言葉を飲み込んで、今度は濁流のように言葉があふれた。

『親友が死ぬ。自殺する。あの子がどういう思いなのか、多分一番わたしがよく分かってる。だってわたしも経験したことだから。混乱しているはずだし、憔悴《しょうすい》してるはずだし、とにかく楽にしてあげたかった。だから、深野といっしょに探偵みたいなことをした。三条は自殺だっていう真相を伝えるよりもまず、深野のそばにいてあげたかった。八年前の沙奈枝が死んだあと、久宝寺先生がずっと一緒にいてくれたように。久宝寺先生がいなかったら、わたしももしかしたら死を選んだかもしれない。久宝寺先生と二人で司書室でコーヒーを飲んだあの時間がなかったら――』

ふいに、東堂は押し黙った。

電車の列が眼下で一本、流れて消えた。

『……ねえ、玲人。久宝寺先生と最後に話したのはどこ？』

「市内の喫茶店だよ」

『その時、久宝寺先生は何か頼んでた？』

「ああ。コーヒーを頼んでたかな。飲んでなかったけれど」

ねえ玲人、と何かに気づいたように、その声は転調した。鋭く耳を刺した。

『今どこにいる？　少し聞きたいことがあるんだけど――』

電話はそこで切れた。

玲人は目の前の生徒に目をやった。深野は玲人のスマートフォンに手を伸ばしていた。彼女が通話を停止したのだ。

目の前の名探偵が、暗がりで微笑んだのが見えた。まるで何かを語りだすように、口が横に広がった。この名探偵は、また何かに気づいたのだろうか。

見上げた夜空から、雪が舞い落ちてきた。もしかすると久宝寺先生は深野あずさという名探偵にもあの遺稿を宛てていたのかもしれない、とぼんやりと思って……。

ふいに、周囲の音が消えた。

……『名探偵たちがさよならを告げても』？

『名探偵たち』？

名探偵とは、一体誰だ？

久宝寺肇にとって、名探偵の定義とは？

突き刺すような静寂。

痛いほどの沈黙。

雪の向こうにいる彼女の赤いリボンが揺れる。

懸命に真相にたどり着いた、彼女。

懸命に。

……待て。

ちょっと待ってくれ。

空気が、と玲人は焦燥感とともに気づく。

空気が、生温かい。

2

とうとう雪が降ってきた。今シーズンの初雪だ。ダッフルコートの上に儚《はかな》く舞い落ちた雪は、すぐに消えた。

あずさの目の前で、辻はゆっくりと右腕を持ち上げる。

細く長い指が、彼の前髪をくしゃりと握りしめた。握った後も、何度か力を入れたようだった。まるで逃げ出しそうな思考を、何とか捕まえようとするみたいだ。拳《こぶし》が動く度、ブラックのマウンテンパーカーが鈍い歯ぎしりのような音を立てる。何かを悔いているようにも映った。俯《うつむ》き加減のまま、ほとんど震えるように唇が動いた。彼の目は見えない。

「そうか」

と彼は言った。「そうだったんだな」

どうしたんですか先生、とあずさは問いかけた。

声がかすれていた。自分でもびっくりするほど。

「早くコンビニでもいきましょうよ、先生」

無理やり、明るい声で促してみる。スカートを意味もなく揺らしてみた。膝《ひざ》の裏に木枯らしが吹きすさんだ。しかし辻は一歩も動こうとしなかった。

髪を握った右手を解き、くしゃくしゃと頭をかいてから細い顎《あご》を持ち上げた。辻は何かを迷っているようだった。迷い、惑い、その間に何度か喉が上下した。

そうしてようやく、諦《あきら》めたように黒い瞳があずさを捉《とら》えた。柔らかい光を帯びた瞳だった。まるで深夜のコンビニの光みたいだ。深夜のくせにその光は当たり前に灯っている。昼間は淡々としている佇《たたず》まいだったのに夜は変に優しく、その上わけもない親近感がある。

お願いだから、そんなに穏やかな目で見ないでほしい。

「三条柚原案のミステリー、か」

その響きも、コンビニの店内みたいにぬくもりがあった。ＢＧＭが聞こえそうな気さえする。

「それは……間違いないんだな」

「何がです？」

彼は俯《うつむ》いて首を振った。

「『名探偵たちがさよならを告げても』、その名探偵たちとは読者を指していると俺は言った。だから複数形だと。そうかもしれない。けど、それだけとは言い切れない。

なぜなら、久宝寺先生は『名探偵は作者だ』とも定義していたからだ。『読者であり、作者だ』と。言葉の信奉者たる久宝寺肇が、信念なくタイトルの言葉を選ぶはずがない。あのタイトルは多分、ダブルミーニングだ。つまり、名探偵たちとは読者のことでもあるし、作者のことでもある」

「……」

「原稿用紙の『名探偵たちがさよならを告げても』という仮題の横には、一重線で没になったタイトル案が並んでいた。一つ前の案はこうだ。『彼女たちがさよならを告げても』。もう一度言うが、久宝寺先生は名探偵を作者だとも定義していた。そしてその名探偵たちは『彼女たち』だ。一人はもちろん、原案である三条柚だ」

電車が轟音《ごうおん》とともに足元を揺らした。遅れて冬の空気が巻き上がった。

風が、とあずさは焦燥感とともに気づいた。追いつかれた焦燥感だった。そこには諦めもあった。駅前を轟音で駆け抜けるバイクの音がした。

風が冷たい。

もう全てが。

嫌になるくらいに。

「原案は、自殺願望者は二人いたんだ。三条柚と……それから深野あずさ、お前だ」

風が強くなってきた。

電車の軋轢音《あつれきおん》がゆっくりと去った。残ったのは静寂であり、沈黙であり、虚《うつ》ろだった。いつもなら埋めようと躍起になるその隙間を、あずさは埋めなかった。

きっと、私の話す時間ではない。

「例えばな」

と、辻も自身が話さなければならないということを悟っていた。彼の口調は北海道の地平線のように広く穏やかで、嘘みたいに無慈悲だった。目は斜め上、ビルの屋上を何とか見ようとでも言うように、細められていた。

「十一月のある日のことだ。久宝寺先生は図書室でだれか生徒の相談に乗っていた。コーヒーカップを二つ用意して。最初は久宝寺先生と三条柚の分かと思った。けれど、その時期は久宝寺先生はもう、コーヒーを飲めないはずだった。体が相当悪かったんだ。

つまり、久宝寺先生に相談していた生徒は、三条柚ともう一人いたことになるんじゃないか」

それから、と継いだ。

「練炭を買った生徒のことだ。不鮮明な映像だがおそらく三条柚だろうと、警察は言った。警察がうちの高校の三年だと分かったのは、彼女が制服を着ていたからだ。リボンの色で学年まで分かる。問題は多分、その日は日曜日だったってことだ。日曜日に制服で出かける三年生が一体何人いる？」

「仮にそうだとしても」

とあずさは一応言ってみた。喉がひりひりと痛い。「そう考えるのが自然だっていうだけで、別に私だと特定できるわけでもないでしょう？」

辻は髪を握って小さく口を動かした。「その通りだ」と呟いたようだった。「……確かに、俺は『それが自然だ』と言えるほど、お前の人となりを知らないかもしれない」

辻の眼前で、何度か白い息がほどけては消えた。「なら、これはどうだろうか」とやがて言葉は紡がれる。

「久宝寺先生は自殺願望者から原案を聞いた。そしてそれをもとに遺稿を書いた。それが十二月一日だ。ところで、ドローンが備品棚に運ばれたのは十一月の最終日だったはずだ。運んだのはお前だ。そしてお前はそれを誰にも言っていない。ちなみにその日と翌日の十二月一日、三条柚は学校を休んでいた。東堂の言葉を信じるなら、ここ一年で三条柚が休んだ日はそこだけだ。

　ドローンが備品棚にあることを知り、それを用いたトリックを十二月一日までに久宝寺先生に話すことのできる人物は、実質お前をおいて他にいない。お前がドローンを使ったトリックを先生に伝え、後日三条柚に共有したんじゃないのか」

　さらに、と続けた。

「もう一つ気になることがある。遺稿における被害者の名前だ。一度名付けたものの、書き換えられている。書き換える理由はいくつか考えられるけれど、その名前に意味を持たせるために変えたと考えるのが基本だろう。遺稿における被害者の名前は『藤野優愛《ふじのゆあ》』。久宝寺先生は登場人物を描くとき、モデルから字を借りることもあると言っていた。ふじのゆあ。『さんじょうゆず』、から『じ』と『ゆ』。残りの『ふ』と『の』と『あ』はどこから取ってきているんだろうな」

　……驚いた。

　久宝寺先生が、そこまで考えていたなんて。

「『ふ』か『の』『あ』ずさ。この一致は、自然だとは言えないだろうか」

　一度、きっちり力を入れて奥歯を噛《か》む。

　舌の後ろから、どろりとした苦い唾液《だえき》が出た。ねばねばした嫌な味がした。少し苦労して飲み下した。ああ、と息を吐いた。それも苦い。

雪が墓石のように並ぶビルの上に降り注いだ。まったく、雪はどこまでも白く、空はどこまでも暗い。

同情でもしているのか？　嘲笑《ちようしよう》か？

いずれにしても、この世界にあるのは無情だった。

あずさが死のうと決めたのは、あの日雪が降ったからだ。

父が母と弟を殺したのは、中学一年生の冬だった。

あの日の少し前から、父の異変には気が付いていた。

父は自営業だった。大きな仕事ではない。官公庁にオフィス用品を卸す仕事だ。裕福ではないが、三食食べて週末にショッピングモールに行く、そういう生活ができる程度には恵まれていた。

今思えば、感染症のパンデミックがターニングポイントだったのだと思う。ビジネスの仕方が変わったのか、父が朝から仕事に行くことが少なくなった。代わりに、自室のパソコンに向き合う日が増えた。モニターには株価のチャートがいくつも並んでいた。しばらくそんな生活を続けていくうちに、ふっくらしていた父の頬は瘦《や》せこけ、腹は奇妙に膨らんで、口からは煙草の匂いを発するようになっていた。

父と母が口論しているとき、あずさは小学五年生の弟とともに、共用の自室にこもった。

「お父さんってプライド高いところあるからなあ」

と、もうすぐ六年生になる弟は分かったような口をきいた。

「お母さんがやいやい言うのは、昔からじゃん？　お父さんは柔らかめに見えて、案外プライド高いんだよ。ビールも絶対プレミアムモルツしか飲まないし」

「まーた生意気な」

あずさは勉強机に向かう丸い頭を優しくチョップした。弟は無邪気に「暴力女！」と怒ったふりをした。彼の頭はどこまでも丸くきれいで、その下にはあずさの数倍の処理能力をもった脳と、そのさらに下には優しい心根がはぐくまれていた。

マンションの八階から見える空は、弟の心のように青く透き通っていた。

「そろそろ雪降らねえかな？」

弟が物憂げに言った。

「なんで？」

「雪に降り込められて、『あー、今日はなんもできないね』ってなる日、俺は好き。こう、選択肢が狭められるのが逆に安心するというか」

不思議な小学生だ、とあずさは思った。おかしな感覚だが、なんとなく分かる。

「で、あんたは今何してんの？」

「内緒」

弟はルーズリーフに一生懸命何かを書き連ねていた。今思うと、暗示にしか思えない。

その日も父はプレミアムモルツを飲んだ。いつもと違ったのは、普段なら二本飲むのが一本だけだったことだ。

その夜の記憶は、ありがたいことにほとんどない。

真っ暗な中荒い息遣いがしたこと。それが父のものであることが分かったこと。その手には刃物が握られていたこと。血と汗の匂いがして、そういえば学校のマラソン大会がもうすぐあるから練習しなきゃ、と思ったこと。「俺もすぐに死ぬからな」という父の薄っぺらい誓いの言葉。

その次の記憶は、病院のベッドの上だ。真っ白の個室だった。その時、そばにはきれいな顔立ちの看護師が付いていて、ぼんやりと気づいた私を見て女神のように微笑んでいた。何百回も鏡の前で訓練した女優のように、その唇の角度は美しかった。

やがて中年の白衣の女性がやってきて、同じように優しく微笑んだ。こちらは皺《しわ》が深いせいか、看護師の微笑みよりも自然だった。

「無理に思い出さなくていいのよ」

と彼女は言ったが、それでもいくつか質問した。あずさはそれに短く答えた。

「あの」

とあずさはおずおずと問うた。あの夜以降、初めての質問だった。

「弟は？」

目の前の二人の表情が歪んだ。それであずさは悟った。血の匂いがよみがえってきた。シーツの上に嘔吐《おうと》した。何年も放置した排水溝のように、ひどい匂いだった。そして現実は、さらにひどい有様だった。

父の借金による一家心中未遂。

父は母と弟を殺し、自分は殺されなかった。父はどこかへと姿をくらませていた。なぜ私を殺さなかったのかは分からない。とにかく、残されたのは私一人だった。途方に暮れる間もなかった。世界は随分遠のいていた。

自分の周りであたふたと何かが動き回った。医者の他にも警察が来た。ふくよかな女性と、壮年の男性がいた。男性刑事は四角い顔を上下しながら「ふうむ」と頷いた。ほとんど名前も分からない親戚《しんせき》も来た。彼は警察よりもおどおどと語りかけ、あずさに何かをサインさせ帰っていった。全ての人間の顔の作りが一切見えなかった。おぼろげな人間の輪郭があるだけだ。あずさは働きアリの真ん中にいる小石のようだった。自分は動かず、周囲を取り巻く状況だけが目まぐるしく変化していった。

あずさが児童養護施設に入ってしばらくして、段ボールが届いた。家にあったものであずさが必要なものを親戚が取り寄せてくれたのだ。中身は主としてあずさの机上のものだった。血しぶきのついていないものを探すのは骨の折れたことだろう。

一枚の紙が入っていた。あずさの字ではない。

「――」

その紙を見たとき、きゅっと胸の奥が締め付けられた。

何度もその紙の上に目を滑らせた。五度目からは声に出して読み上げた。

「『死ぬまでにやりたいことリスト』……」

弟があの日、書いていたものだ。

あずさはもはや小石ではなかった。手足は冷え切っていてかさかさで、髪の毛は伸びきっていたが、それは確かに深野あずさだった。指をこすると摩擦で痛かった。唇を噛むと苦い味がした。死ぬまでにやりたいこと。愛《いと》しい弟がなしえなかった、十個の夢。

よろよろとあずさは立ち上がった。十年ぶりに立ち上がったときのように、足の筋肉がひきつった。何とか窓際まで進んだ。

雪が降っていた。弟の待ち望んでいた雪。雪は選択肢を狭める、と言った弟のすぼめた唇が思い起こされた。雪は天と地とを繋いで、確かにそこにあった。そばに弟がいる、とあずさは思った。昔弟に借りて読んだ本の一節を思い出した。『さよならを言うのは、少しだけ死ぬことだ』。ならば、さよならを言わなかったら、どうなるんだろう?

弟も母も、少しも死んでいない、とあずさは思った。

弟はやりたいことを何一つできていないのだ。それになにより、弟も母も、さよならを言っていない。

雪の香りのする息を吸うと、血管を通って体中に決意がめぐった。雪で狭められた選択肢は、一つの道筋を示していた。

ああ、と思った。

このリストを完成させて、それから私は死のう。弟と母にさよならを告げて自殺しよう。そうすれば母と弟が少し先に死んで、自分もすぐそのあとに続ける。

本気でそう思ったのだ。

「……柚が死のうと思った理由は、本当に私には分かりませんよ」

目の前の辻に、あずさはまずそう切り出した。

自分の心中を推しはかってもらいたくなかった。自分の心中など、自分自身にさえよく分からない。論理的でもないし、言葉を重ねても表せない。身体の真ん中に熱く固い石があって、自身の選択や意図はそれを中心に公転のようにぐるぐる回っていた。決して中心のものに触れてはならない。触れようとさえ、思ってはならないのだ。

「柚の場合は、死が先にあったわけじゃないんです」

と、あずさは語った。

「自分とは何か、あくまでそれが先だった。『この肉体は親のセックスでできたものだから、自分じゃない。思考形態や倫理観は、祖父のそれそのままだ。なら自分って何だろう？』ってずっと言い続けてました。『自分が死んでも残り続けるものこそ、自分だと思う』って。『だから一回死んでみたい』って」

柚と意気投合したのは、そういう願望がある者同士惹《ひ》かれ合ったのだろうと今なら分かる。柚は中学二年生が考えるような馬鹿みたいなことを、心底本気で考えていた。あずさはあずさで母と弟は死んでいないと、三人一緒に死ねると、本気で信じようとしていた。

ある意味において、二人とも通常の思考ではなかった。

「柚はとにかく自分の名前が世に残る死に方を考えていました。ただ自殺しても、どこにも残らない。だけどおかしな場所でおかしな死に方をすれば、きっと残る。ネットにタトゥーみたいに自分の名前が残ることを、柚は第一に考えていました。ネットに残った自分の名前にどんな情報が付け加えられるか、生い立ちか性格か容姿か……柚はそれを望んでいました」

柚が死んだ時、あずさはまず呆然《ぼうぜん》とした。しかしすぐに我に返った。柚の遺志はなんだ？

どうすれば、柚の遺志に沿えるだろう？

柚の遺志は明白だった。一つは殺人に見せかけたいということだ。

最初、あずさはテープが上手く貼られていることの奇妙さや、タブレットが三階に戻っていることなど、気にも留めなかった。とにかく、柚の死が殺人事件で処理されることを望んだ。少なくともネットに信憑性《しんぴょうせい》の高い情報として柚の名前が挙がるまでは、殺人事件だと警察を誤認させておく必要があった。事情聴取で見立て殺人だと仄めかした。周りの教師にも殺人だと何度も口に出して言った。

自殺トリックにドローンが使われたと知られないために、ドローンを運び出せないかと思案もした。もちろんそんなことはできそうになくて、ドローンの上にハンカチを置こうと決めた。そうすれば、ドローンが使われたと思われないのではないかと踏んだのだ。しかしそれは九曜の一喝で失敗した。

柚の二つ目の遺志、それもまた明らかだった。本当は二人で死ぬ予定だったのを、柚一人で実行したのはなぜか？

もちろん、あずさに探偵をさせるためだ。

死ぬまでにやりたいことリストの中、唯一で最大の課題であった『探偵になる』。そのハードルをクリアさせるために、柚は一人で死んだのだ。柚は自分の死によってあずさの夢を叶《かな》えようとしたのだ。

ゆえに、あずさは探偵になることを望んだ。懸命に励んだ。文字通り、懸命に。あずさ自身がしっかりと納得できる探偵になりきり、そうして満足すると、見えてくる景色はおのずと決まるはずだった。

しかし現実には、目の前に一人の教師が立ちはだかっていた。

「とにかくまあ、『死ぬまでにやりたいことリスト』は完成したんです」

他に彼に言うべき言葉は、特にない。

背を向けて歩んだ。目の前には、破れた鉄柵がある。

眼下には電車が轟音を立てて行きかっている。その誘惑は、あずさの心を優しくひっかいている。

雪が頬に落ちた。

心地よい冷たさだった。

3

深野の背中が随分小さくなった。

玲人が言葉を失っている間に、もう三メートルは離れてしまった。

紺色のスカートが風で舞う。立ち並ぶビルは光を灯《とも》し、海面のようにちらちら光っていた。

高校生の彼女の前には、とぼけた顔の二十代半ばの男がいた。玲人は物語を読むように、それを背後から眺めていた。

もし本当にこれが物語であったなら、と間の抜けたことを玲人は思う。

読者や観客はいったい、何を期待しているだろう?

彼女を感動的な言葉で説得することだろうか。

はたまた、悲劇的な結末か。

いずれにしても、彼らは本気になっていないはずだ。ある人は多少心拍が上昇しているかもしれない。ある人は生唾を飲み下しているかもしれない。しかし、本気ではない。もし自分であればどうするだろう、と心底悩んで懊悩《おうのう》したりはしない。景色を見ているだけだ。そこに立ってはいない。

名探偵たちは、いつだって一つの結末を見届けるだけだ。

見届け、見捨てて、また次の事件を探し求める。

そこに結末はない。

黙って文字を追う彼らの平べったい視線が、冷たい机に刺さったような気がした。

「……」

深野が柵をすり抜けて、目の前から消える――そんな幻想を見た。それを観覧する顔のない人間たちの幻惑を見た。彼らの一人は安楽椅子に腰かけ思った通りだと歓喜し、一人は狩猟帽をかぶって悲しみに肩を震わせた。一人は怒りでステッキを振り回し、一人は蓬髪《ほうはつ》を掻《か》いた後無言でのびをした。誰かを真似たコスチュームをした彼らはみな、いそいそと次の目的へ向かって歩いて行った。

やがて、残ったのは独りだった。その人間には顔があった。沙奈枝だった。制服姿だった。夏服だ。首からロープをぶら下げ、口から涎《よだれ》が垂れていた。口中は深い穴のように漆黒だった。井戸に落とした小石の音のように、彼女の声は動かない口から響いた。

「優しいんだね」

電車の轟音がした。遅れて風が舞った。それは生温かかった。

生温かい。

当たり前じゃないか、と思った。

生きているのだ。

そうだ。俺も深野も、まだ生きている。

「――」

玲人は我に返って言葉を探した。言葉があふれ出るのを待った。しかし何も出てこない。あの日と同じように。当然だった。あの日から自分の人生は進んでいないのだ。

言葉を探すことは、もうやめにした。

代わりに、玲人はゆっくり歩み寄った。惑いを含んだ五歩で足りた。迷ったまま、手を伸ばした。彼女のその手を摑《つか》んだ。温かい手だった。しかしすぐに振り払われた。

深野が玲人に向き直った。表情にとがったものはなかった。むしろ凪《な》いでいた。何かを待っているようでもあったし、押し殺しているようでもあった。

深野あずさの死は絶対だ、と玲人は悟った。

柚が死んだ。自身だけが生き残る。それを決して彼女は望まないだろう。生きることは彼女にとって救いではなかった。沙奈枝にとって生きることが救いではなかったように。

同時に、彼女が死んでもいいな、と思う自分がいることにも気が付いた。残酷だとは思わなかった。東堂はそのうち警察に何らかの事情を聞かれ、テープを自らの手で貼ったことを白状するだろう。自殺ほう助になるのかは分からない。しかし、今のままではいられないだろう。自分も同じように深野の死を見逃してやったらいい。そして東堂と同じ罪を背負う。

……いや。

それは違う。東堂の行為は誰かのためを思っての行為だった。しかし今の妄想は誰のためでもない。ただ自分の逃避だった。立ち止まるのはやめにしたい、そう決めたばかりではないか。

玲人はもう一度彼女の手を握った。

今度は振り払われないように、強く、きつく。

「俺は多分、お前に届けられる言葉を持たないと思う」

玲人はやっと口を開いた。

「言葉が人を救う、と久宝寺先生は言ったよ。でも俺はそれを持たない。ならば行為が人を救うのか？　けれど、いつまでもこうして手を握っているわけにもいかない。そもそも、こうして生きることが救いなのかどうなのか、俺には分からない」

玲人は胸の奥の塊を意識した。その塊が口からあふれるとき、なるべくその塊のままであるように努力した。言葉は人を動かさない。ただ、適切な人から出た言葉は人を動かし得る。

そのためには、自分に住み着く何かを探すしかなかった。他者の言葉を探すのではなく、自分の、心底自分のものである塊を必死に探し求めるしかなかった。

俺は今、何を与えられるのだろう？

俺はこれまで、何を与えられてきたのだろう？

空気を吸って、吐いた。

白い息が丸くぽっかりと浮かび上がった。

雪のように溶けて消えた。

だから、と玲人は言った。

「だから、死ねばいいと思う」

胸の内の塊そのままだった。

けれど、と添えることは忘れなかった。

「それは、『死ぬまでにやりたいことリスト』を完成させてからでいいんじゃないか」

「……なに言ってるんですか」

深野は唇だけで言った。しかし笑いがあった。馬鹿にした、軽蔑の含み笑いだ。溜《た》めて含めて、結局その程度の言葉か、と。

実際、はっと小さく言葉を吐き捨てた。「もう完成したんですよ。最後に残った『探偵になる』。それを今回達成したんです。もう満足です」

「……本当にそうかな」

「はい？」

「本当にやりたいことリストは完成したのか」

「だから何を──」

「『ロサンゼルスを散歩する』。少なくとも、まだこれは達成できていないだろう？」

それは、と彼女は視線を一瞬上に向けた。

それはいいんです、とやや中途半端な間を開けて言った。「もうネットで見たからいいんです。オンラインでも向こうの子に紹介してもらいました。十分です」

「けれど、お前が言ったんだ」

「何をです？」

「『見て感じた経験でないと分かりえないものがある』。『人生で最も大事なものは経験』だと、お前がそう言ったんだ」

「――」

九曜に言った深野のセリフだ。彼女は煙ヶ谷の死体を見たからこそ気づきがあったと言った。直接見たからこそ、深野は真相にたどり着けたのだ。

深野は初めて戸惑いを見せた。眼鏡の奥の瞳が揺らいだ。白い息が何度か立ち上った。その塊は惑星のように風にくるくると流されていった。

玲人は念を押すように、もう一度尋ねた。

「お前の『死ぬまでにやりたいことリスト』は、本当に完成されたのか？」

「でも、それは、もう……」

深野は言い訳を探すように、視線を泳がせていた。しかし言い訳を探しているということ自体、彼女自身が自分に納得できていないことは明白だった。

彼女は『死ぬまでにやりたいことリスト』を綺麗《きれい》に完成させるために探偵になろうとしたのだ。だからこそ、ああも探偵に拘《こだわ》った。別に適当に済ませることだってできたはずだ。しかしそれは彼女自身が許さなかった。探偵にああも拘っておきながら、リストに書かれた他の夢をないがしろにするとは、到底思えない。

「あのリストを完成させるまで、まだ少し時間があるんじゃないのか？」

玲人が与えられるもの。そして与えられてきたもの。

それは時間だった。

彼女はあまりにも時間に追われすぎていた。リストを完成させるためだけに、彼女は生きていた。彼女には行為が足りすぎていて、言葉が足りなさ過ぎた。過去の自分の決定を疑う言葉ももたなかったし、仮にその言葉をかけられても打ち捨ててきたのだろう。

玲人ができることは、時間を稼ぐことだった。

十八歳の少年が二十六歳になって何かに気づくこともある。十八歳の時には思いもしなかった気づきだ。彼女にその時間を何とかして与える必要があった。人生の先達として、そして教師として。

救いが何か。それは本人にしか分からない。

理不尽な人生の過程の中から、探し当てる他ないのだ。

なおも黙りこくる深野の髪から、玲人は雪を払い落とした。

「卒業したら」

と、ようやく深野は絞り出すように言った。

「大学に入ったらすぐ、私はロサンゼルスに行きます」

玲人は何も言わずに頷いた。

「その後、自殺します。それでもいいですか？」

玲人はまた頷いた。まっすぐその瞳を見つめて。

それが救いだと自分で納得できるのなら、それでもいいと思った。それまでに彼女にかける言葉をきちんと自分の中で育てなければならない、とも思った。言葉を蓄積するのではない。きちんと自分の中で根付かせなければ意味がない。それは多分、果てしなく根気のいる作業で、同時に自分を切り刻む痛みも伴うはずだった。久宝寺は何十年もそれをやり続けてきたのだ。久宝寺肇という作家の偉大さを思った。

雪はしんしんと降りしきった。

ビルの隙間風にあおられ、ゆらゆらと戸惑いながら落ちてきた。深野の頬に伝うしずくは、雪に違いなかった。涙を流しているにしては、彼女の表情は厳しすぎた。

彼女は何かを考えているようだった。

それはきっと、生と死についてだった。それはその問題を考える人間が浮かべる、特有の表情だった。生きていることの罪悪感、死への恐怖。生とは、死とは。

でも、と彼女は食いしばった歯を緩めた。

「やっぱり、柚が死んでるのに、私だけこんなに中途半端に生きていくなんて――」

弱々しい問いかけに、玲人は長く息を吐いた。言葉はまだ自分の中に見つからなかった。借りてくるしかない。

「さよならを言うことが死ぬことだと、お前は思ってるんだったな」

「はい」

「でも正確にはそうは書いていないだろう。正しくは『さよならを言うのは、少しだけ死ぬことだ』。もし今お前がのうのうと生きてることにしこりがあるのであれば、その言葉を重ねて少しずつ死んでいけばいい」

深野は笑った。

バカみたい、と頬を赤くして。

いかにも悲しそうに。

「屁《へ》理屈ですよ、それは」

そうかもしれない。しかし、作者がどう考えてその言葉を残したのかは、誰にも分からない。きっと作者は作者なりの考えで、その言葉を紡ぎだし、世に残したに違いないのだ。

久宝寺肇の遺稿だってそうだ、と玲人は思い当たった。『名探偵たちがさよならを告げても』。これまで『名探偵たち』という言葉の定義だけを注目してきたが、本当に大事なのはその後なのではないか。

さよならを告げても。

作者という名探偵が人生にさよならを告げたとしても、読者という名探偵が物語の結末を読み終えて去ったとしても、それでもなお、残るものがある。さよならは決然たる別れに違いない。しかしそれがすべてではないはずだ。そういう励ましではないのか？

きっとそうだ、と玲人は信じた。

あの日改札でさよならを言った後、振り返って見た久宝寺の首肯には生命の強さが漲《みなぎ》っていた。これで終わりではない、そう背中を押す強い瞳だった。あの時にきっと、遺稿の構想を思いついたに違いないのだ。

「まるで、辻先生の方が名探偵みたいですね」

笑い終えて、深野がややおどけて言った。玲人は首を振った。

「名探偵はひたむきに前に進む人間のことだよ。お前の方が定義に当てはまる」

深野はまたちろりと笑った。「優しいですね」と呟きを残して。

彼女は激しく舞う雪の中を、力強い足取りで跨線橋を歩き始めた。玲人は体を向けてそれを見送った。

彼女はやがてくるりと振り返った。

「さよなら、先生。また来週、学校で会いましょう」

☆死ぬまでにやりたいことリスト

・学校でたらふくラーメンを食べる。
・家の本棚にある小説を全部読む。
・『ウラカルト』のサインをもらう。
・『麺や飯田』の大盛そばを頼む。
・スカイバッティングセンターでホームランを打つ。
・『ミミコ』のライブに参戦する。
・ポケカを大人買いする。
・甲子園で六甲おろしを熱唱する。
・ロサンゼルスを散歩する。
・探偵になる。

★やりたいことリスト

・

装画　かない
装丁　二見亜矢子

本作は書き下ろしです。

この作品はフィクションです。

実在の人物・団体・事件とは一切関係がありません。

藤　つかさ（ふじ　つかさ）
1992年兵庫県生まれ、大阪府在住。2020年に「見えない意図」で第42回小説推理新人賞を受賞。改題した同作を含む『その意図は見えなくて』で単行本デビュー。他の著作に『まだ終わらないで、文化祭』がある。

名探偵《めいたんてい》たちがさよならを告《つ》げても

2025年4月2日　初版発行

著者／藤《ふじ》　つかさ

発行者／山下直久

発行／株式会社KADOKAWA
〒102-8177　東京都千代田区富士見2-13-3
電話　0570-002-301（ナビダイヤル）

印刷所／旭印刷株式会社

製本所／本間製本株式会社

●お問い合わせ
https://www.kadokawa.co.jp/（「お問い合わせ」へお進みください）
※内容によっては、お答えできない場合があります。
※サポートは日本国内のみとさせていただきます。
※Japanese text only

定価はカバーに表示してあります。

ISBN 978-4-04-115954-5　C0093